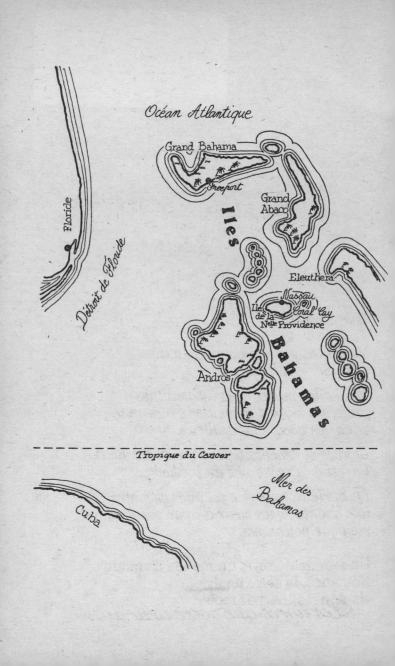

Océan Atlantique

Grand Bahama

Freeport

Grand Abaco

Iles

Eleuthera

Nassau

Coral Cay

Ile de la N^{lle} Providence

Andros

Bahamas

Floride

Détroit de Floride

Tropique du Cancer

Mer des Bahamas

Cuba

Série Romance

DOROTHY VERNON

Toutes griffes dehors

Duo

Les livres que votre cœur attend

Titre original : *Edge of Paradise* (233)
© 1983, Dorothy Vernon
Originally published by Silhouette Books
a Simon & Schuster division of Gulf
& Western Corporation, New York

Traduction française de : Monique Layton
© 1984, Éditions J'ai Lu
27, rue Cassette, 75006 Paris

Chapitre premier

Dès qu'il entra dans la pièce, Catherine ne vit plus que lui. Etait-ce à cause de son imposante stature ou plutôt à cause de son magnétisme, de ce quelque chose d'un peu sauvage qui se dégageait de toute sa personne ?

Il avait les cheveux très blonds, comme brûlés par un soleil torride, un beau teint hâlé. Un homme d'action, décréta Catherine. Un être habitué à tenir les commandes, à jeter les défis sans se contenter de les relever, à toujours choisir entre deux voies la plus difficile.

Avec amusement, elle observa les deux splendides créatures qui rivalisaient de charme pour capter son attention, accrochées à ses bras, fières d'être vues en sa compagnie. Comme elles devaient l'ennuyer ! Elle était sûre que ni la blonde aux formes généreuses ni la rousse incendiaire n'avaient la moindre chance, tout simplement parce qu'elles manifestaient trop leur intérêt pour lui.

L'indifférence de Catherine n'était pas feinte. Le nouveau venu ne l'attirait pas particulièrement mais il apportait un peu de diversion dans cette soirée où elle était en service commandé, elle qui détestait les réunions mondaines, les bavardages insipides, les hommes imbus de leur personne... comme celui-là. Il faudra quand même que je demande son nom à notre hôtesse, se dit-elle. Ce sera un beau sujet de conversation pour distraire Pussy qui sort si peu en ce moment.

Pussy... Elle songea soudain à son amie, en réalité Pulchérie Butler, dont le mari était mort un an plus tôt, lui laissant une petite fille et de lourdes dettes. Comment concilier l'intransigeance d'un directeur de banque, le besoin urgent d'un emploi et la nécessité d'un horaire souple ? Pussy avait résolu la question en devenant son propre patron.

— J'ouvre une agence de secrétariat ! Ainsi je pourrai avoir Samantha toute la journée avec moi.

— Bravo ! s'était écriée Catherine.

— Attends ! Tu ne sais pas tout... J'ai décidé de te prendre comme associée...

Elle lui jeta un regard prudent, avant d'ajouter :

— Bien sûr... C'est beaucoup te demander. Tu vas devoir quitter une place en or pour un travail aléatoire. Nous aurons des fins de mois difficiles. Mais que veux-tu ? Je ne me sens pas capable de me lancer seule dans cette affaire.

— Je reconnais que je ne me débrouille pas mal dans ma branche mais je ne suis pas exceptionnelle...

C'est tout ce qu'elle avait trouvé à dire. Elle aimait sa place de secrétaire chez Charles Pemberton. C'était l'homme le plus conciliant, le plus prévenant, le plus compétent qu'elle ait jamais rencontré. Elle considérait presque comme un privilège de travailler avec lui. Et à présent, il faudrait tout lâcher pour un grand point d'interrogation...

— Si tu dis non, Cat, je ne t'en voudrai pas. J'abandonnerai ce projet, c'est tout... Je ne connais personne d'assez insensé pour accepter mon offre. D'autant plus que pour moi, Samantha passera toujours avant tout. Mon associée devra donc payer de sa personne. Et si Samantha tombe malade...

Son silence fut éloquent.

— Ta partenaire devra s'occuper de tout, compléta Catherine en souriant.

Déjà, sa décision était prise.

— Comment peut-on refuser une proposition aussi alléchante ? plaisanta-t-elle.

— Alors, tu acceptes ? Oh ! Cat, merci ! Tu es une chic fille ! Nous nous en sortirons, tu verras !

— Peut-être faudrait-il d'abord trouver un bureau en ville ?

Sans se démonter, Pussy déclara :

— C'est fait. Je me doutais bien que tu n'allais pas laisser tomber une vieille amie pour des considérations aussi mesquines qu'un salaire fabuleux ou un travail sans histoire. J'ai pris une option. Mais autant te prévenir tout de suite : le terme de bureau est trop somptueux pour le local que j'ai déniché.

Catherine, pourtant prévenue, éprouva un choc en découvrant, le lendemain, le local en question, au fond d'un long et étroit passage, entre des immeubles imposants.

— Je sais, je sais, s'empressa d'acquiescer Pussy, c'est affreux mais avec quelques coups de pinceau et après un bon nettoyage, tu verras... De toute façon, nous ne pouvons nous offrir mieux...

— Ce qui m'inquiète, ce n'est pas tant l'aménagement intérieur que la situation géographique. Comment veux-tu que des clients aient l'idée de venir ici ? C'est un endroit perdu !

— Il faudra bien qu'ils viennent ! Nous leur en donnerons envie. Nous trouverons un slogan... Quelque chose d'alléchant... Un nom qui sonne bien...

— Pourquoi pas l'*Agence Pussy Cat,* pendant que tu y es ? Pussy, c'est toi. Cat, c'est moi...

— Cat, c'est génial ! Nous serons l'*Agence Pussy Cat* !

— Tu plaisantes ? Cela ne fait pas sérieux du tout !

— Il ne s'agit pas de faire sérieux, il s'agit d'attirer des commandes. Plus tard, quand nous aurons une solide clientèle, nous trouverons un nom sérieux, du genre *Société internationale de secrétariat Butler & Mason.* En attendant, l'*Agence Pussy Cat* fera l'affaire et des affaires !

Trois mois avaient passé depuis et, malgré l'optimisme de Pussy, les clients se faisaient tirer l'oreille. L'agence allait même plutôt mal. C'était un peu pour cette raison que Catherine avait accepté de se rendre à cette soirée donnée par une amie. Celle-ci l'avait avertie de la présence parmi ses invités de l'écrivain Lucky Chance qui, de passage en Angleterre, cherchait quelqu'un pour des travaux de dactylographie. Décrocher ce contrat très bien rétribué pouvait sauver l'agence. Et quelle référence ensuite pour la clientèle !

Tout en remerciant intérieurement Louise d'avoir pensé à elle, Catherine se demandait qui pouvait bien être, dans cette assemblée, cet homme providentiel. Etait-ce ce chauve à l'air si gentil ? Non, on le sentait incapable d'écrire des romans policiers qui, d'après Louise, étaient palpitants. A moins que... là-bas... ce grand blond à lunettes. Non, il n'avait pas cette assurance, cette aisance des gens qui voyagent beaucoup et mènent une existence très cosmopolite.

Dès qu'elle avait su par Louise qu'elle travaillerait peut-être avec Lucky Chance, elle s'était empressée d'acheter son dernier roman mais elle n'en avait parcouru que quelques pages, pressée par le temps. Elle ne connaissait donc rien de ses

8

œuvres, n'avait vu aucun des films qui en avaient été tirés et ignorait même son vrai nom, Lucky Chance n'étant qu'un pseudonyme. Elle avait cependant retenu que l'action de son dernier livre se passait dans un pays chaud. Le style était si vivant qu'elle soupçonnait l'écrivain de s'être rendu sur place, au lieu de se contenter de recherches dans des bibliothèques. La couleur locale n'y manquait pas. Sûrement un auteur qui va au fond des choses, avait conclu Catherine.

Aussitôt, elle chercha des yeux le bel inconnu au teint hâlé, la seule personne correspondant à son portrait-robot, le seul individu qu'elle ne pouvait souffrir dans cette réunion. Pourquoi précisément lui ? Leurs regards se rencontrèrent et il dut lire dans le sien une animosité féroce. Il l'examina longuement des pieds à la tête. Catherine avait déjà subi des œillades masculines trop appuyées et d'habitude elle s'en tirait très bien, par un air distant ou un rire moqueur, suivant les circonstances. Mais cette fois, elle fut incapable de réagir normalement.

Comparée aux deux beautés sculpturales qui se disputaient ses faveurs, elle ne faisait pas le poids, malgré ses jambes longues et minces, sa taille fine et son corps très bien proportionné. Elle se savait bien faite, ce qui lui donnait en général une certaine assurance. Mais pas cette fois. Pourquoi avait-elle choisi une robe aussi moulante ? Gênée, elle croisa de nouveau son regard. Il avait les yeux vert jade frangés de longs cils aux reflets d'or, qui s'harmonisaient admirablement avec ses traits virils. Et dans ces yeux, elle lisait : « J'ai envie de vous. » Le message était clair. Même une jeune fille aussi inexpérimentée qu'elle ne pouvait s'y tromper. Elle lui jeta alors un regard qui se voulait sévère. Mais au lieu de se décourager, l'inconnu la considéra gravement puis lui décocha un sourire éblouissant qui signifiait : « Si vous avez voulu me remettre à ma place, c'est raté ! » Instinctivement elle fut tentée de lui sourire à son tour. Pourtant, elle se contenta de relever le menton d'un air glacial. Cet homme ne s'intéressait à elle que parce qu'il s'ennuyait en compagnie des deux autres femmes, cela ne faisait aucun doute. Mais que ses yeux étaient étranges et impérieux ! Elle ne pouvait leur échapper. Quand elle finit par rougir de confusion, ils triomphèrent.

Elle aurait mieux fait de ne pas venir à cette soirée. Cet homme savait jouer avec elle comme le chat avec la souris et si jamais il condescendait à lui confier un manuscrit à taper, comment pourrait-elle travailler avec lui ? Non, décidément, il valait mieux renoncer et partir le plus tôt possible. Au même moment, elle s'aperçut qu'il abandonnait avec courtoisie et sans hâte ses deux compagnes. Il n'allait quand même pas la rejoindre ! Sans réfléchir, prise de panique, Catherine se réfugia dans la salle de bains.

Tout en se recoiffant, elle eut conscience du ridicule de sa réaction. Après avoir retouché son maquillage, elle se sentit plus calme. Mais elle n'était pas mieux armée pour affronter l'inconnu aux yeux de jade. En soupirant, elle tenta une fois de plus de discipliner de la main sa chevelure fauve et brillante qui retombait sur ses épaules avec naturel, puis se décida à quitter son abri.

La grande pièce était pleine de monde, surchauffée et on s'entendait à peine parler. En son absence, quelqu'un avait mis un disque et des couples dansaient. Elle fut soudain entraînée par un des invités, un homme plus petit qu'elle, ce qui lui permettait d'observer l'assemblée sans se faire remarquer. Où était-il ? Elle ne l'apercevait nulle part. Déjà parti ?

Son cavalier la fit virevolter avec tant de conviction qu'elle échoua, tout étourdie, dans les bras d'un autre. Cette fois, elle dut lever la tête pour apercevoir son visage... et des yeux vert jade l'enveloppèrent d'un regard moqueur.

— Oh ! C'est vous... bafouilla-t-elle stupidement.

Au simple contact de sa main sur son dos, elle fut envahie d'ondes délicieusement troublantes, aussi s'empressa-t-elle d'échapper à son étreinte. L'inconnu leva les sourcils, amusé sans doute de l'effet qu'il lui faisait.

— Si je vous raccompagnais chez vous ? Vous n'allez pas m'obliger à supporter cette soirée assommante tout le temps qu'il nous faudra pour faire connaissance !

— Vous êtes vraiment très sûr de vous ! s'indigna-t-elle.

Soudain, elle aperçut une longue main blanche aux ongles écarlates qui se posait sur l'épaule de son cavalier, tandis qu'une voix langoureuse susurrait :

— Chéri ! Où étiez-vous passé ? Je croyais que vous deviez me rapporter quelque chose à boire...

— Mais certainement, Ivy, ma jolie. Allons-y ensemble...

— Je m'appelle Poppy et non Ivy !

Il se tourna vers Catherine.

— Je vais me débarrasser d'elle. Je ne serai pas long. Attendez-moi ici !

Quel contraste entre sa désinvolture à l'égard de Poppy et le ton presque tendre avec lequel il lui avait parlé. Malgré cette douceur, il entendait être obéi. Par esprit de contradiction, Catherine se mêla aux invités et finit par rencontrer Louise.

— Quelle merveilleuse soirée...

— Je suis contente qu'elle te plaise, Cat. Ta robe te va très bien...

— La tienne aussi ! Tu es éblouissante.

Louise sourit, avant de demander avec un intérêt sincère :

— Comment vont les affaires ? Quel est déjà ce drôle de nom que vous avez choisi pour votre agence ? Ah ! oui, cela me revient ! *Pussy Cat* !

— Ça ne va pas fort. C'est pourquoi je...

— Je sais, j'ai parlé de toi à cet ami écrivain...

Elle lui désigna du menton l'endroit où il se trouvait. Ayant de toute évidence réussi à se débarrasser de Poppy, l'homme aux yeux de jade était à présent accaparé par le grand blond à lunettes qui semblait l'ennuyer prodigieusement. Devant tant d'arrogance, Catherine sentit sa colère se réveiller.

— Il ne te plaît pas, remarqua Louise.

— Je t'avoue qu'il m'est antipathique. Je déteste les gens trop imbus d'eux-même.

— Il a de quoi être fier. Son talent est certain et il a beaucoup de succès. Reconnais-lui au moins ça.

— C'est vrai. D'ailleurs, je n'ai pas à juger mes clients.

— Moi, je le trouve charmant. Tu dois avoir un préjugé contre lui parce que tu sais qu'il est célèbre. Quoi qu'il en soit, je lui ai parlé de l'*Agence Pussy Cat* et je lui ai donné votre adresse pour qu'il prenne contact avec vous. Excuse-moi, ma petite Cat, mais je dois m'occuper de mes invités. Je te laisse...

Elle disparut avant que Catherine pense à lui demander le véritable nom de l'écrivain. Qu'importait ! Ce ne serait pas difficile à découvrir.

— C'est moi que vous cherchiez ? fit une voix arrogante.

Après tout, puisque Louise avait préparé le terrain et qu'il savait pourquoi elle était là, elle pouvait se montrer directe.

— Comment dois-je vous appeler ? Monsieur Chance ?

— Pourquoi pas ? Cela dépend de vous...

— Quel est votre vrai nom ? insista-t-elle, agacée.

— Paul Hebden, répondit-il après un silence.

— Je suis Catherine Mason. Je suis le *Cat* dans *Pussy Cat. Pussy*, c'est Pulchérie Butler, mon associée.

Il la dévisagea longuement. Le vert de ses yeux soudain plus intense donnait à Catherine le pressentiment d'un danger. Je dois rester insensible, se répéta-t-elle, même si l'homme le plus intéressant que j'aie jamais rencontré me contemple, fasciné, conquis.

— Mm... Dites-moi, c'est une nouvelle mode, ce genre de conversation ?

Et voilà ! Il lui déclarait tout net qu'il n'avait aucune envie de parler affaires au cours de cette soirée. Ce qu'il désirait, elle l'avait compris depuis le début...

— Vous aviez un manteau ? demanda-t-il brusquement.

— Mais... Nous ne pouvons pas partir ainsi... si tôt... Louise...

— Allons ! Elle ne s'apercevra même pas de notre absence.

Affolée, Catherine hésita. Certes, Pussy et elle avaient besoin de ce travail, mais...

— Oui, j'avais un manteau. Merci de me raccompagner.

A la grâce de Dieu ! Il avait probablement un manuscrit à lui confier. Pourvu qu'il n'exige rien d'autre ! Elle s'installa à côté de lui dans sa voiture, un modèle de luxe qui la laissa rêveuse.

13

— J'habite ici, dit-elle à l'issue d'un trajet silencieux.

Paul ne s'arrêta pas devant la maison trop éclairée par les réverbères, mais dirigea la voiture vers un endroit plus sombre.

Elle s'y attendait. Ce fut quand même un choc pour elle quand elle fut emprisonnée avec force contre lui et qu'il s'empara de sa bouche. Jamais, jamais encore, elle n'avait été embrassée ainsi, au point de perdre contact avec la réalité et d'oublier tout ce qui n'était pas ce plaisir troublant, inconnu.

Son baiser l'avait grisée et elle frissonna quand il la frôla pour atteindre discrètement la manette qui abaissait son dossier.

— Non! cria-t-elle en comprenant soudain la manœuvre.

Prise de panique, elle se rappela la facilité avec laquelle elle avait éconduit Charles. Elle n'avait pu lui cacher sa répugnance. Il en avait été vexé et n'avait pas été plus loin. Comme tout avait été simple!

Mais cette fois... Luttant contre la confusion de ses sens, elle déclara d'une voix tranchante :

— Je vais sortir de la voiture, Paul. N'essayez pas de m'en empêcher!

— Je n'ai jamais eu besoin de retenir une femme de force...

Qu'elle était sotte de croire qu'il insisterait, lui qui devait avoir toutes les femmes à ses pieds! Il la relâcha avec douceur. Le dossier du siège se releva sans heurt. Elle était libre. Le cœur battant, elle défia son regard moqueur.

— Ne me téléphonez pas, dit-elle en sortant. C'est moi qui vous appellerai!

— Demain. Sept heures et demie. Au *Park Royal Hôtel*. Vous n'aurez qu'à me demander. Si vous n'êtes pas là à l'heure dite, je n'attendrai pas. Mais vous viendrez !

Chapitre deux

Pendant plus d'une demi-heure, Catherine se tourna et se retourna dans son lit, sans pouvoir trouver le sommeil, sans pouvoir chasser de son esprit cet homme si arrogant, si sûr de lui. A la fin, elle se résigna à rallumer sa lampe de chevet et à prendre un livre. Hélas! C'était précisément *son* dernier roman qui se trouvait sur la table de nuit. Elle ne lui échapperait donc pas?

Par curiosité, elle entama le premier chapitre. Captivée, elle apprécia la manière dont il écrivait et découvrit, dès la troisième page, des subtilités qui lui avaient échappé quand elle l'avait parcouru, quelques jours auparavant. Rouge comme une pivoine à la lecture de certains passages, elle comprit pourquoi il était si populaire : ses personnages éclataient de vie, son style était clair, à aucun moment ennuyeux. Certes, pour son goût, l'érotisme y était trop cru mais, après tout, ces livres s'adressaient à un public masculin.

Une chose en tout cas était certaine : même s'il la payait très cher, même si Pussy et elle avaient besoin de cet argent, il n'était pas question de travailler avec lui. Oh! Elle ne l'imaginait que trop bien, son regard de jade posé sur elle, guettant le moment où sous sa dictée elle deviendrait écarlate, se troublerait, tandis qu'un sourire moqueur l'accuserait de pruderie. Non, même pour Pussy, elle n'irait pas jusque-là.

17

D'habitude, elle arrivait la première à l'agence. Pourtant, ce matin-là, la porte était déjà ouverte et Samantha jouait dans son coin, non loin de sa mère plongée dans les livres de compte, tassée sur sa chaise, l'air défait.

Pussy semblait frêle de constitution mais quelle force de caractère ! Il avait fallu toute son énergie et son entrain pour mener à bien la rénovation des lieux, sans céder au découragement. Bien des fois, Cat aurait envoyé au diable pinceaux et peinture. Mais grâce à la ténacité de son amie, le bureau avait à présent fière allure, avec ses murs propres, sa moquette toute neuve, ses carreaux impeccables. Des gravures égayaient la pièce et, sur la porte, une plaque de cuivre rutilante était gravée à leur nom.

— Pussy ! Tu en fais une tête ! s'exclama Cat, interloquée. Que se passe-t-il ?

— Les parents de Ray sont venus me voir hier soir...

— Et alors ?

— Ils veulent obtenir la garde de Samantha...

— Comment ? Ils vont te l'enlever ?

— Oui.

— Après tout ce que tu as fait ? Après tout ce que tu as supporté ?

— Le problème est là justement : ils ne sont au courant de rien.

Cat se souvenait de la lutte désespérée que Pussy avait menée seule pendant la maladie de Ray, son mari. Au moment où elle se réjouissait d'apprendre qu'elle attendait un enfant, un spécialiste diagnostiquait chez Ray une maladie incurable. C'était toujours elle qui avait été la plus solide des deux, dans leur ménage et, cette fois encore, elle avait pris sur elle de ne pas lui révéler la gravité de son état.

— Ils connaissaient pourtant le diagnostic ! Ils savaient que leur fils était condamné ! s'étonna Cat.

— Oui ! Ils m'ont assez reproché de lui avoir caché la vérité. Ils le croyaient fort. Mais je savais bien qu'il se serait replié sur lui-même. Le choc aurait été trop grand. J'ai préféré qu'il vive une année heureuse et insouciante...

— Je crois en effet qu'il n'a jamais été aussi heureux...

— C'est ce qui me console. Seulement, toutes nos économies y sont passées. Eux n'ont pas remarqué les extravagances de Ray. Ils ne voient qu'une chose : j'aurais dû mettre de l'argent de côté pour Samantha au lieu de le gaspiller. J'ai agi en irresponsable, je ne suis donc pas capable d'assumer la garde de ma fille. Ils m'offrent généreusement de la prendre, car je ne peux, disent-ils, à la fois travailler et m'occuper d'elle...

Elle referma le livre de compte avec brusquerie.

— Ils ont peut-être raison, reprit-elle, d'une voix rauque. Nous n'arrivons pas à nous en sortir. J'ai été trop optimiste. Je crois qu'il vaut mieux abandonner notre affaire avant que nous ne soyons couvertes de dettes. Je suis sûre que Charles acceptera de te reprendre, si tu le lui demandes...

Si je rampe devant lui, pensa Cat. Et encore, ce n'est même pas certain. Au lieu de l'encourager dans son initiative, il l'avait en effet taxée d'ingratitude. Elle, qui pensait trouver en lui un ami et un conseiller avisé, s'était heurtée à un mur d'incompréhension et de grogne. Pussy n'était pas au courant de cette rupture brutale. Elle s'étonnait seulement de ne plus les voir sortir ensemble. Quand je pense que j'ai failli l'épouser, songea encore Cat. Je l'ai échappé belle ! Chassant Charles de sa mémoire, elle entreprit de réconforter son amie.

— Pussy, tu m'expliquais toi-même l'autre jour qu'on nous avait confié beaucoup de travaux. C'est le début du succès...

— Mais je n'avais pas pensé que tout l'argent partirait pour le matériel, le téléphone, les annonces et tous les frais. Même avec les économies que tu as si gentiment investies ici, il nous manque un fonds de roulement... En plus, n'ayant pas travaillé depuis la naissance de Samantha, je suis un peu... rouillée. Il me faut du temps pour retrouver ma capacité de travail d'autrefois. A quoi bon continuer ? Nous courons à l'échec. Je suis contente d'avoir tenté le coup. Cela m'a permis d'éprouver à cette occasion la solidité de notre amitié. Jamais je n'oublierai ce que tu as fait pour moi, Cat !

— Je t'en prie, arrête de me jeter des fleurs. Cette auréole m'encombre plutôt. Qu'ai-je fait, en vérité ? J'ai quitté un travail confortable mais ennuyeux et un patron qui n'avait pas les qualités humaines que je lui prêtais. C'est moi qui devrais te remercier, Pussy.

Sans Pussy, elle ne se serait pas rendue à cette soirée dans l'espoir de récolter du travail, elle n'aurait jamais rencontré Paul, elle n'aurait pas connu l'éblouissement de son baiser. Les lèvres frémissantes, troublée par ce souvenir, elle parvint cependant à sourire.

— Tu ne me demandes pas si ma rencontre avec l'écrivain, chez Louise, a été fructueuse ?

— Tu l'as rencontré ? Bravo !... Il a du travail pour nous ? Au rythme où il écrit, ce serait évidemment une source de revenus inespérée... si c'était régulier...

— J'ai rendez-vous avec lui ce soir, à son hôtel.

— Pour parler travail ?

— Pour quelle autre raison veux-tu que ce soit ?

20

Pussy ne répondit pas, visiblement satisfaite de cette réponse qui n'en était pas une. Comment aurait-elle réagi si elle avait su que Paul Hebden était loin de songer à ses manuscrits en conviant — en convoquant plutôt — Cat à son hôtel ?

— A quoi ressemble-t-il ? Très différent des personnages de ses livres, sans doute...

— C'est-à-dire que... Dis-moi, Pussy, as-tu déjà lu un de ses romans ?...

La décision de Cat était prise. Pour aider Pussy à garder sa fille, elle travaillerait pour Paul. Mais Pussy serait peut-être choquée par les textes qu'elles auraient à taper. Mieux valait lui apprendre la chose avec ménagement.

— Si j'ai lu un roman de Lucky Chance ? s'esclaffa Pussy. Mais je les ai tous lus, tous ! C'est un de mes auteurs préférés ! J'aime bien ce genre... Toi, tu te scandalises pour un rien... Eh bien ! Ne fais pas cette tête-là, Cat. Les écrivains ne sont jamais les mêmes dans la vie et dans leurs livres...

— Celui-là, si ! affirma Cat d'un ton dramatique. Il se prend pour le nombril du monde. Tous ses héros sont sans doute calqués sur lui. Tu vois le genre, vivant sur les lieux mêmes de son intrigue et recueillant des informations de première main...

— Est-il marié ?

Marié ? Paul ? Elle fronça les sourcils. Cette idée ne l'avait pas effleurée. Connaissant la perspicacité de son amie, elle se composa un air indifférent pour répondre :

— Je ne le crois pas. Je pense que la femme qui pourrait vivre en permanence avec lui n'est pas encore née.

— J'allais justement te dire que si tu l'as bien jugé, je n'aimerais pas être son épouse. Sa petite amie, peut-être... Cela ne te tenterait pas, par hasard ?

— Bien sûr que non! protesta Cat, avec un peu trop de véhémence. Je vois où tu veux en venir. Crois-moi : il doit être très désagréable de se demander, quand un tel homme vous tient dans ses bras, s'il n'est pas en train d'inventer une des scènes d'amour de son prochain livre. Ne t'en fais pas pour moi. Nos relations resteront purement profession-nelles.

— Et s'il te propose de l'accompagner ?

— Où ?

— Là où se situe l'action de son prochain livre. Ma pauvre Cat, pourvu que ce ne soit pas l'histoire d'un pêcheur de baleines dans l'Antarctique !

— Il ne manquerait plus que ça !

Cette conversation renforça Cat dans sa décision de donner à son entrevue avec Paul Hebden un ton strictement « affaires ». Aussi, après avoir choisi sa robe préférée dont la couleur pâle mettait en valeur sa chevelure sombre, changea-t-elle d'avis pour adopter une robe plus ample, d'un gris très sobre, avec une veste assortie. Sur toute autre qu'elle, ce vêtement très bien coupé aurait été une tenue idéale pour passer inaperçue. Mais porté par Cat, il faisait ressortir, par sa sévérité même, la douceur de ses traits, sa gorge délicate et sa silhouette juvénile. Elle ne paraissait pas ses vingt-deux ans, sans doute à cause de sa chevelure soyeuse et de ses immenses yeux de saphir qui donnaient à son visage quelque chose d'enfantin.

Après s'être longuement coiffée, Cat resta un bon moment à contempler la brosse au manche d'ivoire ouvragé, dernier cadeau de sa mère, avant l'acci-dent qui lui avait coûté la vie. Peu de temps après cette tragédie, son père s'était remarié avec une veuve et avait quitté la région, fuyant les souvenirs. Chaque fois que Cat se servait de cette brosse, elle avait la gorge serrée. Pleine de mélancolie, elle reposa l'objet précieux sur sa coiffeuse.

— Allons, ce n'est pas le moment de s'attendrir ! lança-t-elle en saisissant sa veste.

La façade du *Park Royal Hôtel* était imposante. Le portier, très solennel dans son uniforme sombre rehaussé d'or, adressa à Cat un salut presque militaire et se précipita pour lui ouvrir la porte. Jamais elle ne s'était sentie aussi mal à l'aise. Paul Hebden lui avait ordonné de venir. Elle avait refusé tout net. Et à présent, elle était là. La jeune femme de la réception la toisa.

— Vous désirez ?

— Mon nom est Mason. Je voudrais... J'ai rendez-vous avec M. Hebden...

Aussitôt, l'employée lui adressa un sourire plein d'envie et prit un ton mielleux pour déclarer :

— M. Hebden a donné des instructions pour que vous vous rendiez immédiatement dans sa suite, mademoiselle Mason...

Cette fille très sophistiquée et séduisante devait se demander comment Cat avait pu retenir l'attention du prestigieux M. Hebden. Si elle avait su qu'il ne s'agissait que d'une question de travail... De plus en plus émue, Cat eut envie de faire demi-tour. Même Charles, cet individu égoïste, suffisant et balourd, lui semblait soudain moins redoutable à affronter que le fauve qui l'attendait.

Elle dut frapper à trois reprises avant qu'il ne se décide à lui dire d'entrer.

Quand il s'avança vers elle, elle s'aperçut avec consternation qu'il était encore plus beau, encore plus irrésistible que dans son souvenir. Le torse moulé dans une chemise de soie blanche, il portait un pantalon noir et s'apprêtait à passer le veston de son costume très habillé, posé sur le dossier d'une chaise. Tout en lui respirait l'élégance coûteuse et de bon goût, depuis la coupe soignée de ses cheveux blonds jusqu'à ses chaussures noires impeccablement cirées.

Son visage aussi paraissait plus saisissant que dans son souvenir, avec ses traits virils, sa bouche au dessin ferme, son menton volontaire, presque arrogant. Et ses admirables yeux vert de jade qu'elle osa enfin croiser. Non, vraiment, elle n'avait pas rêvé.

On aurait dit qu'il lisait en elle car une lueur amusée apparut dans son regard, comme s'il se moquait de son examen approfondi. Soudain gênée, elle baissa les yeux.

— Je savais bien que vous viendriez...

— Vraiment ? lança-t-elle, piquée. Vous me connaissez mieux que moi-même... Je ne comptais pas venir.

— Puis-je savoir ce qui vous a fait changer d'avis ?

— La nécessité.

— La nécessité ? répéta-t-il, visiblement surpris et agacé. Vous avez le don de parler par énigmes. Venez ! Nous discuterons de tout ça pendant le dîner !

— Mais... je ne suis pas assez habillée pour...

— Moi, je vous trouve ravissante.

Ce compliment inattendu la sidéra. Ce n'était pas une simple réplique de convenance ni de la flatterie facile. Il pensait ce qu'il disait. Pourtant, elle ignora son interruption et ajouta :

— De toute façon, cette idée de dîner me paraît superflue...

— Ne me dites pas que vous suivez un régime ! s'exclama-t-il en l'enveloppant d'un regard appréciateur. Avec la silhouette que vous avez...

— Je peux manger tout ce qui me plaît ! Je n'ai aucun problème de ligne !

— Alors, je ne comprends pas... Notre système de communication est décidément perturbé. Expliquez-vous mieux.

— Il n'y a rien à expliquer ! Vous n'avez pas besoin de m'emmener dîner. A dire vrai, j'aimerais que nous nous en tenions strictement à une discussion d'affaires...

— D'affaires ? Excusez-moi, mais je ne vous suis pas du tout...

— Eh bien oui. *Pussy Cat...* Avez-vous donc oublié *Pussy Cat ?*

— En effet, vous avez mentionné quelque chose de ce genre à la soirée de Louise. Je me suis même dit que Catherine était un très joli prénom et qu'il était dommage d'en avoir fait ce diminutif. D'ailleurs *Cat* ne vous convient pas du tout. Savez-vous quel est le diminutif que j'aimerais vous donner ?

— Non ! répondit-elle, pleine de méfiance.

— Très bien. Je ne vous le dirai pas.

Furieuse de s'être laissée prendre à son jeu, elle se demanda pourquoi il l'avait convoquée ce soir si ce n'était pour s'entretenir d'une possible collaboration.

— Ecoutez ! Si vous avez changé d'avis entretemps, vous auriez pu me le faire savoir, au lieu de me laisser venir ici !

— Si j'avais changé d'avis, je ne vous inviterais pas à dîner.

— C'est peut-être une façon polie de m'éconduire...

— Pourquoi ?

— Je ne sais pas... Vous pensez peut-être que je manque d'expérience...

Il fronça les sourcils. Pour le mettre à l'aise, elle ajouta aussitôt :

— Il n'y a pas de quoi se formaliser ! Je comprends très bien que vous préfériez avoir recours à des professionnelles chevronnées. Mais les débutantes ont leurs avantages, vous savez ? Pour se créer une clientèle, elles doivent être particulièrement consciencieuses et manifester leur bonne volonté...

Pourquoi prenait-il soudain cet air glacial ? Quel être déconcertant ! Quelques instants plus tôt, il la complimentait sur son prénom, sur sa tenue, il lui souriait, gentiment moqueur. Et à présent... A présent, il était sans doute furieux qu'elle ait refusé de dîner avec lui. Habitué à voir les femmes en adoration devant lui, il ne savait comment faire face à cette situation nouvelle. Eh bien ! si le seul moyen d'obtenir un travail était de se montrer « gentille », il irait chercher ailleurs une secrétaire plus compréhensive. L'*Agence Pussy Cat* devait être sauvée mais pas à ce prix-là !

— Je vois qu'il n'y a aucun marché à discuter, monsieur Hebden, aussi vous voudrez bien m'excuser si je prends congé de...

— Ne soyez pas si impulsive ! Je n'y comprends absolument rien. Alors asseyez-vous. Nous allons nous expliquer. Et par pitié, ne prenez pas cet air outragé.

Elle ne tenait plus sur ses jambes. Elle obéit, complètement abattue, un peu reconnaissante aussi. Elle éprouvait presque de la sympathie pour lui. Un auteur aussi connu devait sans cesse être

26

importuné. Quel prestige de travailler pour lui, d'avoir la primeur de ses manuscrits...

— Vous devez être écœuré, n'est-ce pas, qu'on vous entreprenne ainsi ? hasarda-t-elle, d'un air compréhensif.

Il la considéra gravement avant de répondre :

— Cela m'est déjà arrivé, je l'avoue. Mais en général, j'en étais conscient avant. Vous, vous êtes extraordinaire. Je ne sais que penser. Comment vous êtes-vous lancée dans une telle entreprise ?

— C'est Pussy qui en a eu l'idée. Son mari est mort, la laissant sans ressources. Il ignorait qu'il était condamné. Elle le savait. Elle a dépensé toutes leurs économies pour que la dernière année de sa vie soit merveilleuse. A présent, il faut qu'elle assure son existence et celle de sa fille Samantha...

— Mmm...

— Que voulez-vous dire ?

— J'hésite à vous qualifier de bonne pâte ou de folle.

— Mais Pussy ne m'a pas forcé la main ! répliqua-t-elle, sur la défensive. J'ai quitté mon emploi de mon plein gré pour m'associer à elle. Cette association lui laissait plus de temps pour s'occuper de Samantha. Je n'ai aucun regret. Pussy dit qu'elle a pu ainsi compter ses vrais amis. Moi aussi !

— Je m'en doute. Quel âge avez-vous ?

— Vingt-deux ans.

— Vous avez de la famille ?

— Mon père... et puis une belle-mère, un demi-frère et une demi-sœur... mais je les connais à peine.

— Je vois.

Il s'interrompit un instant.

— Bon, dit-il enfin. Si je vous engage, vous comprendrez que je ne veux pas vous partager avec d'autres. C'est une condition expresse. Bien sûr, vous serez payée en conséquence.

— C'est entendu. Pussy se chargera seule des autres affaires.

Le visage de Paul Hebden resta de marbre.

— Je m'envole demain pour les Bahamas. Cela vous convient ?

— Vous voulez dire que je dois vous accompagner ?

Pussy avait bien envisagé cette possibilité mais elle-même n'y avait pas songé sérieusement.

Une de ses amies d'enfance avait appris la puériculture et trouvé une place de gouvernante auprès des enfants d'un richissime armateur grec. Elle gagnait en un mois ce que Catherine recevait en un an chez Charles. Et elle accomplissait de fabuleux voyages dans le monde entier avec cette famille.

Catherine avait toujours voulu voyager. Les économies qu'elle avait placées sans remords dans l'*Agence Pussy Cat* étaient à l'origine destinées à une croisière. Elle y avait renoncé. Et voilà que le miracle se produisait !

Folle de joie, elle se força au calme et déclara d'une voie posée :

— Les Bahamas me conviennent parfaitement...

Chapitre trois

— Mais... demain, dites-vous ? Cela ne me laisse pas beaucoup de temps. Et pour un séjour de quelle durée ?

— Pour le moment, je préfère ne pas fixer de date.

— Je comprends. Si je ne fais pas l'affaire, vous pourrez me réexpédier chez moi dans les plus brefs délais, n'est-ce pas ?

— Il est fort possible au contraire que je veuille vous garder pour une durée illimitée.

— Oui, bien sûr, c'est une autre possibilité, conclut-elle, soudain pleine d'espoir. Voulez-vous que nous fassions un essai tout de suite ?

Il devait certainement avoir une machine à écrire dans ses bagages, s'il voulait se rendre compte de sa rapidité en dactylographie. Et elle avait son bloc-sténo dans son sac. Pour être plus à l'aise pour travailler, elle commença à déboutonner sa veste.

Avec un étrange grognement, il s'approcha d'elle et entreprit de lui reboutonner sa veste.

— Ce n'est pas nécessaire, fit-il d'un ton plein d'autorité.

Etait-ce cette voix sévère ou bien le frôlement involontaire de ses doigts sur sa poitrine qui la faisait rougir jusqu'aux oreilles ? De toute évidence, il se souciait peu de la personne qui allait travailler avec lui. Un automate ferait tout aussi bien l'affaire. Sans doute enregistrait-il tout simplement son texte

et l'envoyait-il par la poste pour qu'il soit dactylo-
graphié. Un pli barrait son front.

— J'essayais de me mettre à votre place... expliqua Catherine d'une voix un peu trop catégorique.

— Eh bien! sachez que je ne tiens pas à cette
démonstration de vos talents, plaisanta-t-il.

Mais elle avait remarqué à quel point son initiative lui avait déplu. Elle insista :

— Je pensais qu'un essai d'une dizaine de minutes maintenant vous économiserait éventuellement
le prix de mon voyage, si je ne vous conviens pas...

Il resta un long moment silencieux, les yeux fixés
sur elle.

— Avez-vous des raisons de croire que vous pourriez ne pas me convenir ?

— Non.

— Et croyez-vous vraiment que dix minutes suffi-
raient à me prouver votre expérience ?

Désorientée par cette attitude, elle tortilla machinalement une de ses mèches et leva vers lui un
regard étonné, d'un bleu lumineux. Cette candeur
sembla le mettre hors de lui.

— Allez-vous enfin me répondre ?

— Non... non... je ne crois pas...

— C'est donc cela : je n'ai pas d'autre solution
que celle de vous prendre comme une marchandise
à l'essai !

— Cherchez-vous à m'insulter ? protesta-t-elle.

— Je doute que ce soit possible...

La laissant sans voix, il alla chercher son carnet
de chèques et un stylo.

Je suis folle de rester ici, se dit-elle, pâle de colère.
Il faut que je me lève et que je parte immédiatement. Cet homme n'est pas normal. Il a le cerveau
dérangé. Mais se lever et partir, c'était sortir à
jamais de sa vie, c'était ne plus le revoir. Elle ne

30

pouvait s'y résoudre. Elle avait envie de mieux le connaître. Et elle craignait aussi, si elle essayait de s'enfuir, qu'il ne la retienne de force.

Il semblait se croire des droits sur elle. Pour une raison inconnue, il se sentait responsable d'elle. Comme un père ? Non. Sûrement pas comme un père ! Il n'était pas assez âgé pour cela. Il devait avoir une trentaine d'années et son comportement envers elle n'avait rien de paternel. A vrai dire, son attitude était absolument déconcertante. Quand elle était arrivée, le regard dont il l'avait enveloppée trahissait un désir intense. Il s'était montré charmant, au point qu'elle redoutait de succomber à cet attrait s'ils travaillaient un jour ensemble. Et soudain il avait changé, comme s'il ne souhaitait plus le moindre contact physique avec elle. Mais cette aversion n'était que superficielle. Elle était sûre qu'il était attiré par elle et luttait contre cette attirance. Pourquoi ? Peut-être cherchait-il à la rassurer jusqu'à son départ. Là-bas, quand elle serait loin de son cadre familier et sécurisant, il montrerait son vrai visage.

S'il avait vraiment en tête de l'emmener pour autre chose que pour ses compétences professionnelles, mieux valait lui dire qu'elle avait changé d'avis, qu'elle ne partait pas. Mais elle était folle de se faire de pareilles idées. L'agence avait besoin de ce chèque qui par ailleurs clarifiait la situation.

Il lui tendit le bout de papier, l'air ironique, en la dévisageant au point de la faire rougir de plus belle, comme si elle avait quelque chose à se reprocher.

— Je pense que cela suffira pour le début. Si vous restez avec moi, vous en recevrez davantage.

Se retenant à grand-peine pour ne pas lui lancer à la figure ce qu'elle pensait de ses manières arrogantes, elle jeta un coup d'œil sur le montant du chèque et resta bouche bée.

— Je... ne peux pas l'accepter, balbutia-t-elle.

— Pourquoi ? demanda-t-il d'un ton moqueur. Ce n'est pas assez ?

— C'est trop ! Je m'attendais à être bien payée mais vous avez exagéré...

Si jamais elle présentait ce chèque à Pussy, celle-ci imaginerait sans peine quel genre de services on attendait de son amie !

Pour la première fois de la soirée, elle avait dit quelque chose qui ne provoquait ni contrariété ni ironie. Au contraire, Paul Hebden la contemplait d'un air pensif, un peu énigmatique.

— Peut-être, après tout, n'êtes-vous pas un cas désespéré.

Que voulait-il insinuer par là ? Elle n'eut pas le temps de l'interroger. Déjà, il reprenait :

— La somme est moins considérable qu'elle ne le paraît. Je voudrais en effet que vous préleviez dessus de quoi vous acheter de nouveaux vêtements. A moins que votre garde-robe ne soit prévue pour des voyages de ce genre...

— Bien sûr que non ! Je vais en effet devoir acheter des vêtements. Mais, malgré cela, vous avez été beaucoup trop généreux...

— Je vais l'être bien plus encore...

— Ah ! ça non ! Déjà, j'ignore si je vais accepter cette somme.

— Vous êtes vraiment une fille extraordinaire. Si vous voulez bien me laisser parler, vous apprendrez que ma générosité ne concernait pas le prix ni aucun autre avantage matériel. Je veux vous donner ce qu'on ne peut acheter avec de l'argent. Du temps ! Oui, du temps, pour réfléchir encore. Je dois partir demain. La date est impérative. Mais je vous accorde un délai de quelques jours. Je vais vous réserver une place d'avion pour la semaine prochaine. D'ici là, réfléchissez, réglez vos affaires, achetez-vous des vêtements... ou bien changez d'avis. Vous n'êtes pas obligée d'utiliser ce billet d'avion, ne l'oubliez pas.

Catherine sentit sa gorge se serrer. Voulait-il se débarrasser d'elle en espérant qu'elle renoncerait ? L'idée de partir aux Bahamas et de travailler avec cet homme si déconcertant qu'elle appréciait et détestait à la fois, qui l'irritait et en même temps l'attirait, la remplissait de joie. Jamais encore la vie ne lui avait offert un aussi merveilleux cadeau.

— Et si je ne change pas d'avis ?

— Vous serez attendue à l'aéroport de Nassau.

Elle constata avec déplaisir qu'il avait retrouvé son air hautain et ironique.

Catherine ne dormit pas mieux cette nuit-là que la précédente. Elle se réveilla les yeux gonflés, la mine fatiguée.

— Ne prends pas cela trop au sérieux ! s'exclama Pussy en la voyant entrer dans son bureau.

— Quoi donc ?

— Je ne sais pas... Ce qui te met dans un pareil état...

— Je dois couver une grippe.

— Ma pauvre Cat ! Tu te soignes au moins ?

Catherine bafouilla une vague réponse. Elle tenait surtout à ne pas alarmer Pussy. En effet, celle-ci refuserait le chèque si elle avait le moindre doute.

— Tu ne me demandes pas comment ça s'est passé hier soir ?

— Raconte, répondit-elle.

— J'ai le contrat ! N'est-ce pas formidable ? Et tu avais raison de penser qu'il pouvait m'emmener avec lui. Dieu merci, ce n'est pas dans l'Antarctique, mais... devine !... aux Bahamas !

— Tu en as de la chance !

— Et payée d'avance !

— Sans chipoter ? Les riches sont souvent très radins...

— C'est moi qui ai chipoté. Je trouvais que c'était trop. Mais il m'a expliqué que j'aurais besoin d'une nouvelle garde-robe. Ce en quoi il avait raison...

Elle déposa le chèque devant Pussy, sur le bureau. Pussy le regarda, ahurie, n'osant même pas le toucher, comme si elle craignait de se brûler.

— Oh ! Mon Dieu !... Et chez quel grand couturier Mademoiselle s'habillera-t-elle ?

— Pour qui me prends-tu ? J'achèterai la plupart des choses dans un grand magasin et peut-être deux ou trois tenues plus habillées dans une boutique pas trop chère.

— Je peux me permettre de te donner mon avis ?

— Mais bien sûr. J'ai toujours admiré tes goûts en matière de mode.

— Je ne parlais pas de mode.

— On dirait que tu hésites à me dire quelque chose qui va me déplaire mais qui est « pour mon bien »...

Elle s'empara d'une de ses mèches de cheveux et la tortilla. Ce tic trahissait chez elle un état de nervosité extrême. Aussitôt, elle s'en rendit compte et s'arrêta. Mais le geste n'avait pas échappé à l'œil attentif de Pussy.

— Voilà ce que je voulais te dire : ne pense pas à l'*Agence Pussy Cat.* Je sais que cette somme nous remettrait à flots. En ton absence, je pourrais ainsi chercher de nouveaux clients et en tout cas, nous pourrions tenir jusqu'à ce que notre affaire devienne rentable. Mais l'important, c'est ce que tu ressens. Cette somme est considérable. Si tu éprouves la moindre réticence, si tu es embarrassée...

— Je ne le suis pas! coupa Catherine d'un ton sans réplique.

Et c'était vrai. Elle n'était pas seulement embarrassée, elle était profondément mal à l'aise...

Pauvre Pussy qui avait sous les yeux la solution à tous ses problèmes et qui s'efforçait malgré tout de faire revenir son amie sur sa décision!

— Jamais un travail de secrétaire n'a été payé aussi cher, Cat... Il t'a avancé le salaire de combien d'années?

Sa plaisanterie tomba à plat. Catherine n'osa pas lui dire que ce n'était qu'une première avance, en attendant qu'il la juge et peut-être l'engage, ce qui aurait pour conséquence un nouveau paiement.

— Il s'agit d'un travail d'une durée indéterminée. Mais crois-moi, Pussy, ce n'est pas du tout ce que tu imagines.

— Vraiment?

— Tu te souviens de Joanna Dunn?

— Bien sûr! Qu'est-ce qu'elle vient faire là-dedans?

— Rien. Je veux juste établir un parallèle. Joanna est gouvernante dans la famille d'un armateur grec multimillionnaire. Tous ses frais lui sont payés — nourriture, voyages, uniforme, et autres. Pourtant, elle reçoit un salaire qui à côté de ce que nous gagnons paraît fabuleux.

— Tu as peut-être raison, murmura Pussy. Je ne veux pas être rabat-joie. Une occasion pareille ne se représentera sans doute jamais. Les Bahamas... tous frais payés et même plus! Oh! Cat, c'est merveilleux! Je crois que je vais commencer à te détester, parce que c'est toujours à toi et non à moi que de pareils coups de chance arrivent. Non, en vérité, je suis aussi excitée que toi. Quand pars-tu ?

— Je ne sais pas encore. Il doit m'envoyer mon billet d'avion. Mais ce ne sera pas avant la semaine prochaine.

Cette conversation avait levé le dernier obstacle à son départ. A présent, elle éprouvait un mélange d'appréhension et d'exaltation, convaincue que sa vie allait être bouleversée par cette décision, sans qu'elle sache encore s'il en ressortirait du bon ou du mauvais. Comme un présage, le visage de Paul Hebden s'imposa soudain à son esprit, les beaux yeux de jade empreints de dureté et de désapprobation, la bouche dédaigneuse. Elle eut beaucoup de mal à chasser cette image. Pourquoi l'écrivain serait-il mécontent qu'elle accepte finalement de travailler pour lui, puisqu'il le lui avait lui-même proposé ? C'était absurde.

Si Pussy remarqua l'air préoccupé de son amie, elle n'en fit rien paraître.

— Il ne te laisse pas beaucoup de temps pour tes achats ! lança-t-elle d'un ton enjoué. Mais quand on a de l'argent, tout devient plus facile. Il suffit d'entrer dans n'importe quel magasin et dire « je voudrais ceci et ceci et ceci... ». Finie l'époque de la ruée vers les soldes ! Tu te souviens ? J'ai toujours admiré ta manière de changer les ceintures ou les boutons d'un vêtement bon marché pour le rendre plus exclusif... et la patience avec laquelle tu refaisais à la main tous les ourlets de tes robes de confection pour leur donner un petit air « haute couture »...

— Je n'ai pas l'intention de me lancer à présent dans des dépenses inconsidérées.

— C'est ce que nous allons voir. Il est temps que

tu cesses un peu de penser aux autres et que tu t'occupes de toi !

Quel tourbillon de gaieté et de folie que ces courses avec Pussy, si raisonnable d'habitude et qui balayait, avec une énergie infatigable, avec une logique implacable, toutes les hésitations de Catherine !

— Achète celle-ci, Cat ! Elle ne se froissera pas dans ta valise. Non, non, non ! Surtout pas celle-là ! Je t'en prie !... Oui, tu la porteras encore dans vingt ans tellement elle est indémodable ! Alors ne me dis pas qu'elle est trop chère ! Prends-la !...

Soudain, elle lui désigna une robe de crêpe presque impalpable. Tous les tons de bleu s'y mêlaient subtilement, avec même la nuance exacte des yeux saphir de Catherine.

— Je sais ce que tu penses, Cat. Mais pourquoi une jeune femme comme toi ne se permettrait pas un soupçon de frivolité ? Cette robe, c'est... comment dire ?... c'est vraiment toi...

— En effet, je dois être bien frivole pour me laisser convaincre aussi facilement d'acheter tous ces vêtements ! Regarde ! A quoi vont me servir toutes ces tenues de plage ? Je ne pars pas en vacances ! Je vais là-bas pour travailler !

Qu'importe ! C'était un vrai souffle de vacances qui passait dans leur vie quotidienne.

Catherine décida de rendre l'appartement meublé qu'elle louait et qui serait une charge inutile. Quelle que soit la durée de son absence, c'était l'occasion ou jamais de changer de cadre de vie à son retour. Pussy acceptait de garder chez elle ses quelques petits meubles et bibelots personnels. Elle n'emportait aux Bahamas que des objets dont elle ne pouvait se séparer : quelques photos, une poupée de chiffon du nom de Belinda, plutôt abîmée par le temps, la brosse et le peigne en ivoire qui lui venaient de sa mère, un miroir assorti.

Avec d'infinies précautions, elle cala le miroir au milieu de la valise, parmi les vêtements. Elle se brossa une dernière fois les cheveux et garda quelques instants la brosse tendrement contre sa joue, avant de la ranger aussi dans la valise dont elle rabattit le couvercle avec un soupir, les yeux un peu trop brillants. Une vie prenait fin avec des résonances d'adieu... Que serait cette existence toute neuve qui l'attendait ?

Chapitre quatre

— Tu as fait enregistrer ta valise ?

— Oui, toutes les formalités sont réglées.

— Alors, au revoir, Cat, et... bonne chance ! Envoie-nous une petite carte dès ton arrivée...

— C'est promis !

Catherine souleva Samantha et lui plaqua deux gros baisers sur les joues, puis elle embrassa Pussy, avant de se joindre au groupe de voyageurs qui attendaient le même avion, des vacanciers pour la plupart, partant visiblement en famille. Elle remarqua aussi quelques hommes vêtus avec plus de discrétion, arborant cet air stéréotypé des hommes d'affaires. Quant à cette autre passagère, seule comme elle, il était impossible de ne pas la remarquer. Elle portait un bustier qu'on aurait déjà jugé exigu sur une plage mais qui, dans ce salon d'attente d'un aéroport international, paraissait vraiment extravagant. D'autant plus qu'il était complété par le pantalon le plus étroit qu'on puisse imaginer.

Catherine observa, un peu horrifiée, la créature aux cheveux platine qui était ainsi accoutrée. Mais elle ne la condamnait pas, devinant un cœur d'or derrière ces formes généreusement étalées. Quelque chose dans cette inconnue lui rappelait Pussy, bien que toutes deux n'aient aucune ressemblance physique. Pussy n'avait rien de sculptural, bien au contraire. Mais elle débordait toujours d'énergie, de vie, d'optimisme, surtout avant la mort de Ray.

L'avion n'avait pas de retard et Catherine fut surprise de se trouver placée près d'un hublot. Une délicate attention de Paul Hebden ?

L'autre surprise fut de découvrir qu'elle avait pour voisine la blonde au mini-bustier et au pantalon trop étroit. Ce voisinage n'était certainement pas voulu par Paul Hebden. Il ne le trouverait pas du tout de son goût !

La jeune femme dispersa un peu partout ses multiples petits paquets, avant de se tourner vers Catherine avec un chaud sourire :

— Je m'appelle Deirdre Patterson. Et vous ?

— Catherine Mason.

Malgré sa réserve, elle ne tarda pas à subir le charme dynamique de sa voisine qui semblait être l'incarnation même de la bonne humeur.

— Je descends à l'*Ocean Beach Hôtel*. Et vous ?

— Je ne sais pas.

Et c'était vrai. Mais Deirdre Patterson prit sans doute cette réponse pour une façon polie de décourager une éventuelle rencontre. Elle accusa le coup.

— Je ne le sais vraiment pas, expliqua gentiment Catherine. Je ne vais pas là-bas pour des vacances mais pour travailler. Mon employeur s'est chargé de tout et on viendra me chercher à l'aéroport.

— C'est curieux, je vous avais prise pour une riche héritière toujours en vacances dans des villégiatures de luxe... Ce sont vos vêtements qui m'ont trompée. Je vois ! Avec une telle silhouette, vous devez être dans la mode ou les produits de beauté. Directrice d'une revue de mode ? Ou bien... mannequin ? Je me trompe ?

— Oh ! oui ! Je suis une sténodactylo tout ce qu'il y a de plus banale et, jusqu'à ce jour, ma vie

40

n'avait rien d'exceptionnel. Si on m'avait dit, il y a seulement une semaine, que... Mais parlons plutôt de vous ! Quel travail faites-vous pour pouvoir vous offrir des vacances aussi exotiques ?

— Je suis visagiste... ou plutôt... non... voilà... j'ai vingt-cinq ans. Je sortais avec un type depuis l'âge de seize ans. Depuis au moins trois ans, j'économisais dur pour notre éventuel mariage. Et puis, un beau jour, il m'a laissée tomber. La crise de larmes passée, j'ai bien réfléchi et je me suis dit : ma petite Deirdre, tu es complètement cinglée. Tout ce que cet homme pouvait te donner, c'était une ribambelle d'enfants et des années passées à économiser, à trimer, à tirer le diable par la queue... Non ! Je valais mieux que cela. Pourquoi perdre mon temps à courir après quelqu'un qui ne pouvait me donner ce que je méritais ? Voilà comment j'ai décidé de trouver quelqu'un qui a les moyens. Et comme les millionnaires sont plutôt rares dans le coin où j'habite, je consacre tout l'argent que j'avais à la banque à me trouver un riche mari en trois semaines... n'importe lequel... je ne suis pas difficile... Je vous choque, hein ?

— Pas tant que cela. La course au mari est un passe-temps comme un autre mais comme beaucoup d'autres sports, elle a ses risques. Je ne crois pas que vous soyez aussi dure que vous le prétendez. La déception pourrait être cette fois pire que la précédente...

— C'est possible. Mais je préfère parier sur la vie de château !

— Je vous souhaite de réussir, Deirdre, conclut Catherine avec chaleur.

Dès que les Bahamas apparurent, l'excitation fut contagieuse dans l'appareil. Le voyage touchait à sa fin. Catherine se pencha pour apercevoir au milieu de l'océan les îles dont le pilote indiquait par haut-parleur le nom et les caractéristiques. Elle distinguait à présent les plages au sable blanc, les brisants étincelants, des sites d'une beauté incomparable, inviolés depuis que Christophe Colomb avait cessé de faire escale dans ces îles appelées bien à tort « les îles inutiles » par le roi Ferdinand. Ils survolèrent New Providence et Paradise Island, toutes deux reliées par un splendide pont, le Potter's Bay Bridge. Les hôtels, les voitures, tout ressemblait à des jouets. L'avion piqua vers une mer d'un bleu étincelant parsemée de yachts luxueux. Une main agrippa soudain le poignet de Catherine.

— J'ai mal au cœur, gémit Deirdre. Je n'aurais pas dû tant boire...

C'était exactement ce que Catherine avait pensé sans oser le lui dire pendant le voyage. Commencer à faire la morale à quelqu'un comme Deirdre, c'était à coup sûr s'engager dans une entreprise sans fin.

— Cela ira bientôt mieux. Nous atterrissons.

Les roues de l'appareil touchèrent le sol et, dans un bruit assourdissant, le jet s'immobilisa. Deirdre ne se décidait pas à se lever, bloquant ainsi le passage de sa voisine.

— Je ne suis pas bien du tout...

— Deirdre, je vous assure que vous vous sentirez mieux dès que vous serez dehors. Allons, venez ! Je vais vous aider à porter vos paquets.

— Oh ! merci ! Vous êtes vraiment une chic fille...

Comment pouvait-on voyager avec tant de bagages disparates ? Catherine saisit le sac à dos ainsi qu'un sac en plastique plein à craquer, ajusta sur son épaule son propre sac à bandoulière, ne laissant à Deirdre que son fourre-tout et son appareil-photo.

42

Elle semblait d'ailleurs incapable de porter autre chose.

En attendant leurs valises, Deirdre retrouva peu à peu sa vitalité.

— Désolée de vous avoir ennuyée. Je vais beaucoup mieux maintenant. Ecoutez : votre patron va certainement vous laisser quelques loisirs. Vous pourriez me demander à mon hôtel. Nous visiterions la ville ensemble...

Deirdre était certes une fille très sympathique mais se promener avec elle en ville...

— Ce serait en effet une bonne idée, répondit Catherine, mais je crains que ce soit impossible. Il n'est pas sûr que nous habitions dans la même partie de l'île. Je ne sais même pas si nous restons à New Providence. Nassau est l'endroit où je dois retrouver mon employeur mais peut-être irons-nous ensuite sur une autre île.

— J'espère quand même que nous aurons l'occasion de nous revoir !... Mon Dieu ! Qu'ils sont longs à distribuer les bagages ! Une de mes amies a perdu sa valise comme cela, au cours d'un voyage. Cela lui a gâché toutes ses vacances...

Catherine fronça les sourcils avec inquiétude.

— Ne craignez rien ! lança Deirdre avec entrain. Il est peu probable que vos bagages et les miens se perdent en même temps. Je pourrais toujours vous prêter quelque chose. Ma valise est pleine à craquer...

Ce n'était pas à ses vêtements neufs que pensait Catherine mais à la belle brosse et au peigne de sa mère. Leur perte serait irréparable et cruelle.

Enfin, la distribution des bagages s'effectua et bientôt toutes les formalités furent accomplies. Deirdre ne la quittait pas d'une semelle. Avec sa lourde et volumineuse valise, elle était encore moins

capable qu'avant de porter seule toutes ses affaires.
Il fallait d'abord lui trouver un porteur. Et il n'y en
avait nulle part.

— Vous avez dit qu'on viendrait vous chercher ?
— Oui.
— J'espère qu'il me sera plus facile de dénicher
un taxi qu'un porteur...

Catherine l'espérait aussi. Pourvu que Paul Hebden ne vienne pas l'accueillir lui-même. Elle était
sûre qu'il aurait à l'égard de Deirdre une attitude
hautaine. Pauvre Deirdre !

— Oh ! Regardez ! Il est terrible !

Catherine n'eut pas besoin de tourner la tête pour
deviner de qui parlait sa compagne avec tant
d'admiration. Elle imaginait sans peine aussi l'air
ennuyé qu'il devait avoir devant ce nouvel hom-
mage féminin.

Oui, c'était bien lui, grand, mince, hâlé. Un dieu
majestueux à la chevelure blonde, accaparant tous
les regards des femmes présentes sans se départir de
sa froideur hautaine.

— Et il le sait ! s'exclama Deirdre. Quelle arrogance !... Mais... c'est vers nous qu'il se dirige ! A
votre avis, laquelle de nous deux a-t-il en vue ?

— Moi, soupira Catherine. C'est Paul Hebden,
mon patron.

— Vraiment ! s'exclama Deirdre en le dévorant
des yeux.

Mais Paul Hebden ne la regardait même pas. Il
fixait Catherine, sans faire attention à son élégant
costume crème ni à la simplicité et à la fraîcheur de
sa blouse en soie ni même à son visage souriant
malgré la fatigue du voyage. Il détaillait l'invrai-
semblable masse de bagages dont elle était encom-
brée. Mon Dieu ! Il ne pensait quand même pas que
tout cela était à elle !

44

C'est le moment que choisit la poignée du sac en plastique pour céder, laissant échapper une bombe de laque qui roula dans un fracas métallique jusqu'aux pieds de Paul Hebden.

Il se pencha, la ramassa et s'approcha de Catherine.

— C'est à vous, je suppose... dit-il d'un ton glacial.

— Non, c'est à Deirdre ! répliqua-t-elle, hautaine, bien contente d'avoir marqué un point.

Elle fit les présentations. A son grand soulagement, Paul se montra sinon chaleureux, du moins courtois avec la jeune femme.

— Je descends à l'*Ocean Beach Hôtel*. Vous n'allez pas dans cette direction, par hasard ?

— Si. Voulez-vous profiter de notre voiture ?

— C'est gentil à vous de me le proposer. Merci... merci beaucoup...

Elle s'humecta les lèvres et lui décocha un regard aguicheur. Mettant en valeur ses courbes voluptueuses, elle lui adressait un message que n'importe quel homme normalement constitué comprenait sans équivoque. Si toutes les femmes qu'il rencontre se comportent ainsi, pensa Catherine, agacée, je conçois qu'il n'ait pas beaucoup d'estime pour elles.

Les yeux verts étaient à présent posés sur elle, aussi se composa-t-elle un visage plus serein, pour qu'il ne la croie pas jalouse de Deirdre. Ce n'était pas du tout le cas et la rougeur de ses joues trahissait plutôt son embarras devant le manège de sa compagne de voyage. Comment pouvait-on se conduire ainsi ?

Sans commentaire, Paul Hebden appela un porteur qui surgit comme par enchantement. Catherine le suivit, au bord des larmes. Il aurait quand même pu lui adresser quelques mots de bienvenue. Pourquoi l'avait-il fait venir s'il ne souhaitait pas la voir ? Il semblait encore plus distant, encore plus méprisant que lors de leur dernière rencontre.

Ils déposèrent Deirdre à son hôtel et tandis qu'on se chargeait de ses bagages, elle lança :

— N'oubliez pas ce que je vous ai dit : si vous le pouvez, faites-moi signe et nous sortirons ensemble...

— Promis, répondit Catherine, gênée de cette invitation renouvelée en présence de Paul. Au revoir et bonnes vacances !

Quand ils se remirent en route, elle déclara, sans le regarder :

— Merci de l'avoir conduite à son hôtel...

— C'était sur notre chemin, répondit-il avec humeur. J'espère que vous ne parliez pas sérieusement en lui promettant de la revoir ?

— Que vouliez-vous que je lui dise ? Que nous n'avons absolument rien en commun et que sa façon de se distraire n'est sûrement pas la mienne ?

— Non, bien sûr, fit-il en riant. Vous n'êtes pas une fille qui s'amuse. Seul le travail compte pour vous, n'est-ce pas ?

— Il y a un temps pour s'amuser et un temps pour travailler. Je n'aime pas mélanger les deux.

— Nous sommes arrivés.

Il freina si brusquement qu'elle aurait été projetée contre le pare-brise si elle n'avait pas mis sa ceinture de sécurité. Il se tourna vers elle, l'air furieux :

— Ne revoyez pas cette blonde platinée !

— C'est un ordre ?

— Oui.

Interloquée, elle se hérissa. Au fond, elle n'avait aucune envie de sortir avec Deirdre mais de quel droit le lui interdisait-il ? Il était obligé de lui accorder des loisirs. Eh bien, si la distance n'était pas trop grande, elle irait voir Deirdre pour se changer les idées. Elle allait le lui dire mais elle se ravisa. Elle s'était levée très tôt ; le long voyage l'avait fatiguée et, à présent, l'air tiède, délicieux, la plongeait dans une douce torpeur.

— Alors ? lança-t-il d'un ton impérieux.

— Je suis trop lasse pour vous contredire...

Drôle de façon d'ajourner une querelle. Pourtant, elle eut pour effet de le désarmer. Il sembla remarquer soudain ses traits tirés et ses doigts tortillant nerveusement une mèche, tant cet examen attentif l'embarrassait.

Lui saisissant la main, il murmura avec effort :

— Excusez-moi... Je suis impardonnable de vous harceler ainsi et de vous empêcher plus longtemps de prendre la douche fraîche dont vous devez rêver...

Il sortit de la voiture. Un simple geste suffit à faire surgir un homme à qui il remit les clés du véhicule de location.

— Gare la voiture, Joseph, et ensuite monte les bagages de Mlle Mason.

Joseph, un natif du pays, lui sourit de toutes ses dents et se précipita pour ouvrir la portière de Cathrine mais Paul le devança.

— Venez ! dit-il en la prenant par le coude pour entrer dans l'hôtel puis dans l'ascenseur. Nos chambres sont contiguës. Vous aurez bientôt vos affaires. Je reviendrai quand vous aurez pris votre douche.

Et il la poussa gentiment vers la chambre d'une légère tape sur les reins — un geste certes très familier mais qui n'avait cependant rien de déplacé.

Catherine décida de procéder à l'inspection de son nouveau domaine avant d'entrer dans la salle de bains. Cette chambre d'hôtel était la plus luxueuse qu'elle ait jamais vue, avec son mobilier de bon goût, son grand lit qui la surprit, car un lit à une place aurait suffi. Dans un vase, d'éclatantes fleurs tropicales s'épanouissaient, donnant au décor une note encore plus raffinée.

La beauté du paysage qu'elle découvrit du balcon lui coupa le souffle. La brise agitait doucement les branches des casuarinas et lui caressait les joues, tandis qu'au loin la mer bordée d'un sable immaculé reflétait les mille nuances du ciel. Comment vais-je pouvoir lui résister dans un cadre aussi enchanteur ? s'inquiéta Catherine, encore troublée par le contact de la main de Paul. Etre ici, ce n'était pas seulement être dans une autre partie du monde : c'était être dans un tout autre monde. Le ciel, les bruits, les senteurs étaient irréels. L'air embaumait du parfum de fleurs inconnues apporté par la brise. Grisée, hypnotisée, elle perdait le sens des réalités. Toute prudence, toute retenue l'abandonnaient. Elle n'était plus qu'une créature farouche qui avait peur d'elle-même.

Avec un profond soupir, elle s'arracha à la contemplation du rivage et rentra pour se doucher. Une porte n'avait pas été encore ouverte. Donnait-elle sur la chambre de Paul ? Elle en tourna la poignée, persuadée qu'elle serait fermée à clé. La porte céda au contraire et elle se retrouva soudain dans un petit salon commun aux deux chambres. Paul était dans la sienne et ne s'était pas enfermé !

— Vous avez tout ce qu'il vous faut ? demanda-t-il en l'apercevant.

— Oui... oui... merci... bafouilla-t-elle.

Puis elle s'enfuit sous son regard moqueur. Ainsi, à tout moment, il pouvait entrer. Et si elle demandait une clé, elle laisserait entendre qu'elle se méfiait de lui. Pire encore, elle lui donnerait peut-être des idées qu'il n'avait pas... Soudain, on frappa à la porte.

— Entrez !

— Vos bagages, mademoiselle...

— Déposez-les ici. Merci.

Elle renonça à les défaire immédiatement. Pour le moment, elle avait besoin de parer au plus urgent. Elle ne sortit donc que sa trousse de toilette, un peignoir de bain, une robe et des chaussures habillées pour descendre dîner. Un livre glissa à terre : le roman de Paul. Après un instant d'hésitation, elle le ramassa et le déposa sur la table de chevet, puis elle entra dans la salle de bains.

Jamais elle n'avait autant apprécié les bienfaits d'une douche ! Enveloppée dans son peignoir, pieds nus sur le splendide carrelage vert pâle, complètement revigorée, elle enleva son bonnet de bain et disciplina de la main quelques mèches, tout en poussant la porte.

— Mais qu'est-ce que vous faites dans ma chambre ? s'exclama-t-elle, pétrifiée.

— On peut dire que vous avez pris votre temps ! J'ai cru que j'allais devoir vous sortir de là !... Je vous avais prévenue que je viendrais après votre douche. Eh bien, me voilà !... Savez-vous que nous partageons aussi le balcon ? C'est par là que je suis venu. C'est vraiment très pratique.

Dieu merci, elle était en peignoir ! Un peignoir qui en réalité ne cachait pas grand-chose de ses longues jambes qu'il contempla avec intérêt. Il allait sans doute lui faire une réflexion à ce sujet quand il découvrit le roman posé sur la table de nuit.

— Plutôt salé comme livre de chevet, non ?

— Je ne vous le fais pas dire... répliqua-t-elle, déconcertée par ce simple commentaire.

Peut-être devait-elle lui avouer qu'elle ne comptait pas parmi ses admiratrices et que c'était le seul livre de lui qu'elle possédât. Mais déjà il lui demandait abruptement :

— Etes-vous déjà allée sous les Tropiques ?

— Non.

— C'est bien ce que je pensais. Et c'est pourquoi je voulais vous sortir de votre salle de bains. Ici, le moment le plus agréable de la journée est l'aube. Mais le plus inoubliable est le coucher du soleil. Votre premier coucher de soleil ici est une expérience que je vous envie. Je suis heureux de la partager avec vous.

Il lui tendit la main et elle la saisit sans hésitation, puis il la conduisit sur le balcon et resta derrière elle, les mains sur ses épaules.

Il avait raison. Le spectacle était d'une beauté saisissante. Une infinité de tons roses, bleus, mauves. Les touches de rose très pâle se changeaient en taches rouge sang qui viraient très vite au mauve, embrasant le ciel et se perdant à l'horizon. Quand l'obscurité tomba, Catherine resta immobile, les yeux encore pleins de cet embrasement, dans un silence total. Paul accentua la pression de ses mains sur ses épaules et elle se retrouva dans ses bras, consciente qu'il défaisait la ceinture de son peignoir. Son cœur battait à tout rompre. Jamais encore elle n'avait été aussi proche d'un homme, aussi nue, car sous son peignoir elle ne portait rien. Peut-être que ce n'était pas bien. Mais en cette nuit qui semblait appartenir aux amoureux, où était la frontière entre le bien et le mal ?

Il lui effleura les lèvres de ses doigts avant de lui caresser l'épaule sous l'étoffe et de gagner avec douceur son dos. Si elle ne réagissait pas immédiatement, ce serait trop tard. Il allait prendre

50

conscience de son désir qu'elle s'efforça de masquer derrière un ton badin :

— Paul, j'ai faim !

— Moi aussi... mais d'autre chose.

— Je n'ai pas mangé dans l'avion, protesta-t-elle.

— Plus tard... Nous mangerons plus tard...

— Plus tard, je dormirai.

Aussitôt, il la relâcha.

— Quel manque d'égards de ma part, une fois encore ! Habillez-vous vite et descendons dîner. Je vous attends dans le salon.

Mais après son départ, elle demeura prostrée un long moment, le peignoir étroitement serré autour d'elle, le corps palpitant. Mon Dieu ! Que m'arrive-t-il ? ne cessait-elle de se demander. Loin de lui déplaire, ses gestes qui créaient une certaine intimité entre eux l'avaient ensorcelée. Elle avait beau se dire que ce qu'elle avait prévu arrivait, c'est-à-dire qu'il lui avait manifesté de la froideur en Angleterre pour mieux l'attirer ici, quelque chose ne tenait pas dans son raisonnement. En effet, cette froideur existait toujours. Il était séduit par elle et s'en défendait en même temps. Il ne cherchait pas seulement une femme pour satisfaire ses instincts de mâle — auquel cas Deirdre aurait fait l'affaire —, non, c'était elle, Catherine, qu'il voulait. Sans doute parce qu'elle lui avait résisté au début. Quoi qu'il en soit, elle saurait le tenir à distance, échapper à sa passion. Mais comment fuir sa propre passion ? Tout à l'heure, elle l'avait désiré tout autant qu'il la désirait...

Chapitre cinq

Le chant des oiseaux éveilla Catherine, le lendemain matin. Se sentant observée, elle ouvrit les
yeux à demi et découvrit Paul, debout, près de son
lit.

Ce qui s'était passé après la scène du balcon lui
revint en mémoire. Très énervée par cet incident et
épuisée par le voyage, elle n'avait plus faim quand
ils s'étaient rendus dans la salle à manger de l'hôtel.
Ce fut avec soulagement qu'elle accepta l'offre de
Paul de remonter. Il y avait trop de monde, trop de
bruit. Elle n'aspirait qu'à une chose : se retrouver
dans l'obscurité tranquille de sa chambre. Quelle ne
fut pas sa surprise de voir Paul hésiter devant sa
porte, comme s'il n'avait aucune envie de regagner
la sienne.

— Bonsoir, fit-elle alors, d'un ton sec.

Ce qui signifiait en clair : « Passez votre
chemin. »

Pensait-il vraiment qu'elle allait l'inviter à
entrer ? A en juger par ses traits qui se durcissaient,
il s'y attendait en effet, avec toutes les conséquences
que cela supposait.

Elle en avait assez de cette perpétuelle intrusion
dans sa vie privée ! Voilà qu'à présent il venait
surprendre son sommeil !

— Veuillez sortir d'ici !

Il la regardait, interloqué.

— Je vous ai dit de vous en aller. Et à l'avenir,

53

j'aimerais que vous frappiez avant d'entrer chez moi... et que vous attendiez d'en avoir la permission !

— Ah ! C'est comme ça ?

— Et pas autrement !

— Hier soir, c'était le décalage horaire. Cela se comprenait. Et ce matin, qu'est-ce que c'est ? Le trop grand dépaysement ? Cette fois, je ne marche pas !

— Expliquez-vous...

— Vous vous moquez de moi ?

Jamais elle n'aurait dû tolérer la familiarité avec laquelle il l'avait caressée après avoir défait la ceinture de son peignoir. Rouge de honte, elle s'en voulut de s'être conduite comme une collégienne écervelée, d'avoir prétexté qu'elle avait faim, alors qu'elle aurait dû le repousser catégoriquement. Qu'allait-il s'imaginer maintenant ?

— Vous pouvez rougir de honte en effet ! s'exclama-t-il. *Pussy Cat !* Bien choisi, votre nom. Votre associée vous envoie-t-elle toujours, à cause de votre air ingénu et de vos grands yeux innocents ?... En tout cas, je peux vous certifier que cette fois, vos mines de sainte nitouche ne prendront pas. Quand j'en aurai fini avec vous, vous cesserez de vous conduire en petite chatte effarouchée !

— Que voulez-vous dire ? balbutia-t-elle, abasourdie.

— Avouez donc que vous avez enfin trouvé votre maître !

Il semblait hors de lui et les muscles de sa mâchoire étaient contractés à l'extrême. Elle recula, les mains croisées devant elle, comme pour l'empêcher de l'atteindre. Ce geste eut pour effet de l'exciter encore plus. Lui écartant brutalement les

54

mains, il abaissa les bretelles de la chemise de nuit et dévoila ses deux seins ronds et fermes.

— Non, Paul ! cria-t-elle, haletante.

— Non ? fit-il d'un air moqueur.

— J'ai dit non ! Vous ne comprenez donc pas ?

— Pas du tout.

— C'est sans doute un mot que vous n'avez pas l'habitude d'entendre.

— Je vous croyais amorale, ce qui était déjà grave. Mais vous êtes surtout dénuée de tout scrupule ! Même dans votre jeu, il existe des règles, un code à respecter. Très bien. Pour le moment, ce sera « non ». Pour le moment... c'est tout. Je venais vous prévenir que j'ai commandé le petit déjeuner. Il sera là dans cinq minutes. Nous le prendrons sur le balcon. Et estimez-vous heureuse que j'aie plus envie de nourriture que de vous !

— Je n'ai pas faim.

— Cela vous regarde. Mais vous allez passer un vêtement et venir quand même. Vous me regarderez manger si vous ne prenez rien !

C'est à peine si elle s'aperçut qu'il était parti. Telle une automate, elle rajusta sa chemise de nuit et se laissa tomber sur son lit. Elle n'y comprenait absolument rien. Qu'avait-il espéré ? Qu'elle lui propose de partager son lit ? Croyait-il, parce qu'il avait payé ses services de dactylographie, qu'il avait automatiquement droit à des services d'un autre genre ? En quoi était-ce amoral d'avoir refusé ? Et puis, que voulait-il dire par « même dans votre jeu » ? Leurs conversations n'étaient qu'une suite ininterrompue de malentendus.

— C'est une histoire de fous ! soupira-t-elle en se prenant la tête entre les mains.

Il pleuvait depuis quatre jours. Pussy, assise à son bureau, laissa son regard errer sur le ciel brumeux, les toits luisants, les passants au col relevé ou cachés derrière leur parapluie. Catherine avait bien de la chance d'avoir échappé à la grisaille de l'Angleterre... Bonne fille, elle souhaita mentalement que ce séjour aux Bahamas se passe bien. Elle imagina son existence luxueuse, les plages de sable blanc, un vol de flamants roses au-dessus d'un lagon bleu... Un toussotement la ramena sur terre.

Devant elle se tenait un homme assez grand, au teint pâle, d'allure un peu effacée mais non sans charme. Il l'observait avec sympathie, derrière ses lunettes à monture sombre.

— Bonjour, monsieur ! Que puis-je faire pour vous ?

— Vous êtes bien Mlle Mason ? Catherine Mason ?

— Non. Je suis Pulchérie Butler, Pussy, l'associée de Catherine dans *Pussy Cat.* Catherine est aux Bahamas pour le moment.

— Par un temps pareil, je dirais : quelle chance ! A vrai dire, ce n'est pas spécialement elle que je voulais voir. Vous pouvez sans doute me renseigner aussi. Si j'ai demandé ce nom, c'est parce qu'il m'a été communiqué par une de nos relations. Je cherchais quelqu'un pour des travaux de dactylographie.

— Continuez, je vous en prie. Je ne devrais peut-être pas le dire mais, pour être honnête, notre agence en est à ses débuts et tous les travaux sont les bienvenus ! Puis-je vous demander votre nom ?

— Chance. Lucien Chance.

— Vous n'êtes pas Lucky Chance ? s'écria-t-elle, éberluée. Le romancier ?

— Mais si.

— Oh ! non, ce n'est pas possible !... Non !...

Et elle se cacha le visage dans les mains.

— J'ai compris. Inutile de m'en dire plus...

— Vous avez compris ? balbutia-t-elle.

— C'est à chaque fois la même chose.

— Comment ?

— Oui. Ne prenez pas cet air catastrophé. Je n'arrive pas à garder une secrétaire. Et j'ai beaucoup de mal à trouver quelqu'un pour taper mes manuscrits. Ce ne sont pas les candidates qui manquent mais dès qu'elles m'ont lu — en général, elles ont vite acheté un de mes romans pour me faire croire qu'elles me connaissent —, elles renoncent. Avec vous, c'est différent. Vous semblez m'avoir lu et vous dites non tout de suite. Je vous comprends. C'est sans doute embarrassant de dactylographier le genre de choses que j'écris...

— Vous n'y êtes pas du tout, monsieur Chance ! Pour moi, ce ne serait pas embarrassant du tout, car je suis une de vos ferventes lectrices. J'ai lu tous vos livres et j'attends avec impatience la sortie du prochain. Je ne dis pas que certains passages... certaines scènes érotiques en particulier... me laissent sans réaction... Mais cela ne me dérangerait pas de les taper à la machine. Je me doute bien que ces scènes sont nécessaires à l'équilibre du roman. D'ailleurs, elles se justifient toujours et ne sont jamais exagérées. Et puis, j'imagine que ce sont précisément ces passages que les gens relisent...

— Vous ne vous trompez pas, mademoiselle !

— Madame... corrigea-t-elle.

Au cours de leur conversation, elle lui expliqua qu'elle était veuve.

— Si vous préférez m'appeler Pussy, au lieu de madame Butler, je vous en prie. Ce sera moins guindé...

— Je préfère Pulchérie, si vous le permettez. Et vous, appelez-moi Lucien. A présent, puis-je vous poser une question ?... Si mes œuvres ne vous choquent pas et si vous pouvez les dactylographier sans vous évanouir, pourquoi étiez-vous donc si bouleversée ?

— Nous pensions, Catherine et moi, que Lucky Chance n'était qu'un pseudonyme. Il y a eu un malentendu. Mais comment est-ce arrivé ? Oh ! Mais j'y suis !... Vous étiez sans doute à la même soirée. Louise a montré du doigt un homme et a dit à Catherine « Lucky Chance, l'écrivain » et Catherine a dû prendre quelqu'un d'autre pour vous... Car je suppose qu'il n'y avait pas deux écrivains à cette soirée ?

— Je n'en ai pas rencontré, en tout cas.

— Evidemment, car s'il y en avait eu d'autres, Louise aurait dû vous présenter, afin d'éviter toute confusion. Mais alors, s'il n'a pas engagé Catherine pour taper son manuscrit, pourquoi l'a-t-il engagée ?

Catherine se reprit très vite. Paul l'attendait dans cinq minutes.

Elle se brossa les dents, se rafraîchit le visage et décida de s'habiller. Déjeuner avec lui en déshabillé était hors de question. Ouvrant sa valise, elle saisit une robe blanche qu'elle enfila par la tête, sans même mettre de soutien-gorge. La jupe ample portait de grandes poches appliquées. Le haut épousait discrètement la poitrine et ne tenait que par un cordon noué autour du cou. Elle enfila des sandales de toile. Après quelques coups de brosse vigoureux dans les cheveux, elle prit une profonde inspiration pour se donner du courage et se rendit sur le balcon au moment même où le garçon achevait de disposer le couvert.

La table était déjà un régal pour les yeux avec son

délicat service en porcelaine et le petit déjeuner joliment présenté : toasts, croissants, marmelade, jus de fruits, tranches d'ananas et de papaye.

Paul la regarda sans émettre de commentaire mais dans ses yeux verts brillait une petite lueur de colère contenue. Le mieux serait de ne rien dire qui puisse l'irriter. Si seulement elle pouvait comprendre !

— Asseyez-vous !... Bon... Et maintenant, vous allez manger.

Tout semblait si appétissant qu'elle ne se força pas beaucoup pour lui obéir.

— Voulez-vous du café ? demanda-t-elle prudemment, en saisissant la cafetière.

— Il serait temps en effet que vous fassiez quelque chose pour justifier le chèque que je vous ai donné ! Je le prends noir et sans sucre.

Elle garda un visage serein, feignant d'ignorer son ton agressif. Mais combien de temps conserverait-elle ce calme apparent ? Toute la question était là...

Elle sirota son café et le trouva délicieux. Les croissants chauds la tentèrent d'abord. Elle y renonça cependant pour goûter la papaye, un fruit qui lui était inconnu encore. Au fond, cela rappelait le melon, d'une couleur orange plus intense. Une petite tranche de citron l'accompagnait. Comme décoration ou... ?

— Pressez le citron sur le fruit, ordonna Paul, comme s'il lisait en elle.

Cette petite nuance acide sur la chair de la papaye qui aurait été autrement trop sucrée, était un vrai délice. Catherine déposa ensuite sa cuillère dans son assiette et s'adossa à sa chaise.

— Vous ne mangez rien d'autre ?

— Je n'ai plus faim, merci.

— Pourquoi ? Vous voulez vous rendre malade ?

Vous n'aviez pas faim hier soir. Vous n'avez pratiquement rien mangé dans l'avion. Et ce que vous venez de prendre suffirait à peine à un moineau.

— Il ne vous est pas venu à l'idée que c'est vous qui me coupiez l'appétit ? demanda-t-elle en levant le menton.

— Moi ?

— La manière dont vous m'observez est agaçante. Cessez, je vous prie, de me regarder !

— Alors, d'abord je ne dois pas vous toucher et maintenant, je ne peux même pas vous regarder ! La plupart des filles considéreraient comme une insulte de ne pas être admirées alors qu'elles se sont fait une beauté...

Et voilà, il était de nouveau furieux ! Mais il se contenait encore. Jusqu'à quand ? Malgré son appréhension, elle fut contente qu'il l'ait trouvée jolie.

— Ce que vous dites est absurde !

— Vraiment ? dit-il d'un air moqueur. Alors, vous prétendez que vous ne vous êtes pas habillée pour me plaire ?

— Absolument !

Il se leva et, contournant la table, vint s'asseoir sur le bord de celle-ci, les jambes étendues, lui bloquant ainsi le passage. Quand sa jambe vint se presser contre la sienne, elle s'affola, consciente d'être vulnérable.

— Que vous vous soyez habillée pour moi ou non n'a pas d'importance. Vous êtes très jolie ainsi.

Il suivit du doigt la cordelière qui retenait le corsage et passait derrière la nuque. Un geste suffirait pour qu'il la déshabille. Tous deux en étaient très conscients. Il la taquinait sûrement. Il n'oserait jamais faire cela en plein jour, sur un balcon.

— Je vous en prie, Paul. N'oubliez pas que nous sommes sur un balcon...

— Pourquoi ? Tout serait différent, si nous étions à l'intérieur ?

— Ce n'est pas ce que je voulais dire. On pourrait nous voir. C'est tout.

— Avouez que vous ne voulez pas que je sache que vous ne portez pas de soutien-gorge...

— Je... j'ignorais que cela se voyait, bafouilla-t-elle en rougissant.

— Je l'ai deviné. Il serait follement intéressant de poursuivre cette exploration... Mais hélas, je n'en ai pas le temps. Je suis déjà en retard !

Elle ne put dissimuler un soupir de soulagement. Rassurée, elle l'interrogea du regard.

— J'ai une réunion qui risque de durer longtemps. Vous voilà libre de faire ce que vous voudrez. Vous devez être ravie à l'idée de ne pas m'avoir sur votre chemin. Je ne vous ennuierai pas !

Elle baissa les yeux pour masquer sa déception. Contrairement à ce qu'il pensait, l'idée d'une journée de liberté la déroutait complètement. Certes, elle avait espéré qu'ils ne commenceraient pas à travailler tout de suite et qu'elle pourrait visiter un peu les environs... mais avec lui.

— Attendez-moi pour dîner. J'aurai un invité, peut-être même plusieurs et j'aimerais que vous soyez là. Habillez-vous particulièrement bien. Je vous veux éblouissante.

— Très bien, fit-elle, agacée d'être considérée comme un trophée qu'on exhibe.

Cette clause n'était pas prévue dans le contrat. Son expression le lui faisait comprendre. Mais il sembla surpris de cette froideur.

— Qu'allez-vous faire aujourd'hui ?

— Une petite promenade. Et puis je dois déballer mes affaires.

— Ah ! oui ! J'allais oublier ! Ne défaites pas vos bagages !

Catherine sentit son cœur bondir dans sa poitrine.

— Vous... vous me renvoyez chez moi ?

De nouveau, elle avait dit quelque chose qu'il ne fallait pas. Il la saisit par les épaules et l'obligea à se lever.

— Vous avez l'air innocent d'une petite chatte qui vient de naître. Mais vous êtes rusée comme un vieux matou ! Je vous ai amenée ici dans un but bien défini et vous remplirez votre rôle, je vous le garantis ! Je vous l'ai dit, je vous le redis et je vous le redirai aussi souvent qu'il le faudra jusqu'à ce que ce soit bien compris. Cette fois, vous vous êtes trompée de pigeon. J'ai l'intention d'en avoir pour mon argent !

— Je suis tout à fait de votre avis. Aussi je ne comprends pas que vous fassiez tant d'histoires simplement parce que je vous demande si vous me renvoyez chez moi... Qu'aurais-je dû deviner quand vous m'avez dit de ne pas défaire mes bagages ?

— Je pensais que vous le saviez : New Providence n'est qu'une escale.

— Pardon de ne l'avoir pas compris.

— J'étais persuadé du contraire.

— Et comment l'aurais-je su ?

— Je suppose que vous lisez les journaux. Ma vie privée y a été largement étalée dans le passé. Et depuis quelque temps, ces commérages reprennent. Vous ne me ferez pas croire à votre ignorance.

— Et pourtant c'est vrai : je ne suis pas au courant !

Il la tenait par les bras. Leurs corps ne se touchaient pas mais ils étaient trop proches — ou peut-être pas assez — pour qu'elle se sente à l'aise. La chaleur qui émanait de lui et l'odeur virile de sa lotion la grisaient. Elle avait envie de tendre les mains vers lui, de le toucher, tout en sachant qu'elle devait lutter contre cette attirance si nouvelle pour elle. Comment pouvait-elle perdre la tête à ce point ?

Non ! Il ne fallait pas céder à cet instinct animal. Ici, elle était loin de son cadre familier, elle avait une lourde dette à son égard et elle dépendait de lui pour sa nourriture et son logement. Heureusement, elle avait eu la présence d'esprit d'emporter avec elle quelques chèques de voyage, pour les imprévus. C'était plus qu'il ne fallait pour couvrir les frais de son retour en Angleterre. Si elle faisait vite, elle arriverait peut-être avant que Pussy ait déposé le chèque à la banque. Aujourd'hui même, puisque Paul serait absent toute la journée !

Avait-il deviné ses pensées ? En effet, il déclara d'une voix tranquille :

— Non, vous ne partirez pas !

Se penchant vers elle, dans un état de colère qui le rendait superbe, le regard d'un vert étincelant, un sourire implacable aux lèvres, il ajouta :

— Je vous avais donné votre chance. Vous pouviez refuser mon offre. Vous l'avez acceptée. Il est trop tard à présent pour reculer. Le marché est conclu. J'entends bien que vous vous y conformiez. Je vous garderai aussi longtemps que cela m'amusera.

— Vous n'avez pas le droit !

— J'ai généreusement payé ce droit.

— C'est absurde. A vous entendre, on croirait que vous m'avez achetée.

— N'est-ce pas le cas ?

— Jamais de la vie ! Nous ne sommes plus à

l'époque où on achetait des esclaves. Vous n'avez payé que mes services.

— Cela revient au même... N'oubliez donc pas ce que j'ai dit. Cela vaudra mieux pour vous. Profitez de votre journée mais ne me faussez pas compagnie. Et n'allez pas voir cette croqueuse d'hommes que vous avez rencontrée dans l'avion !

— Je fais ce que je veux !

Ce sursaut de dignité fut malheureusement inutile : il avait déjà disparu.

Chapitre six

Catherine s'accouda à la balustrade mais le chatoyant spectacle offert par la piscine, les casuarinas agités par la brise, le sable caressé par la mer, ne parvint pas à retenir son attention. Elle ne voyait devant elle que le visage dur, inflexible de Paul.

Cet homme était un vrai casse-tête. Pourquoi tenait-elle ainsi compte de ses propos ? Il lui suffisait de prendre le prochain avion pour l'Angleterre. Mais ce serait alors la ruine de l'*Agence Pussy Cat*. Elle n'aurait pas dû accepter l'énorme chèque. A présent, il faudrait rembourser les vêtements qu'elle avait achetés, le billet et les frais de voyage aux Bahamas, en priant le ciel que Pussy n'ait pas encore utilisé l'argent... Même si Paul acceptait ce remboursement, les ennuis ne feraient que commencer. En effet, la responsable de cette situation, c'était elle, elle devait seule en supporter les conséquences. Mais elle connaissait Pussy ! Jamais son amie n'accepterait de la laisser tout payer. Elle voudrait assumer sa part de fardeau. Et avec Samantha, ses beaux-parents, ses propres ennuis, elle n'avait vraiment pas besoin de cette charge supplémentaire. Non, se dit Catherine, je ne peux pas lui faire ça. Je dois rester ici. Bien sûr, si Paul avait été un peu moins beau, s'il n'avait pas possédé ce charme fascinant, elle n'aurait pas hésité à le quitter sur-le-champ...

Au fond, Paul avait été trop pourri par ses succès

féminins. Il ne supportait pas qu'une femme lui résiste. Comme un enfant, il faisait un caprice. Ce ne pouvait être qu'un caprice, car elle n'était vraiment pas le genre de femme à faire perdre la tête à un homme. Dès qu'il aurait obtenu d'elle ce qu'il voulait, il la laisserait tomber.

Enfin, quand ce jour viendrait, il serait toujours temps d'aviser. Pour le moment, une ville enchanteresse s'offrait à elle. Elle enfila de confortables sandales, écrivit une carte à Pussy, puis quitta l'hôtel.

Les boutiques regorgeaient de produits artisanaux : objets en paille, sculptures en bois, bibelots en nacre. Dans une cour, elle admira des éventaires de peintures et de poteries ainsi que des étoffes aux motifs typiques. La tentation était grande mais elle y résista. Il ne fallait pas qu'elle gaspille son argent.

Petit à petit, ses pas la conduisirent vers le bord de mer. Il y faisait plus frais mais assez chaud quand même pour qu'elle se délecte d'une glace aux fruits dont le goût lui parut différent de toutes celles qu'elle avait mangées jusque-là. Elle avait toujours pensé que le bleu du ciel était le même partout, peut-être un peu plus bleu dans un coin ou un peu plus gris ailleurs. Mais ici, à New Providence, l'azur était tout autre. Tout était différent : les arbres, les oiseaux, les fleurs... Même l'air semblait plus pur.

Elle aperçut Joseph, le portier de l'hôtel, et le salua d'un petit geste de la main. Il lui sourit en retour avec cette expression de contentement qu'on retrouvait sur tous les visages des gens du pays.

Des chevaux coiffés de chapeaux de paille trottinaient, tirant des cabriolets ornés de franges. L'un de ces équipages s'arrêta près d'elle. Un turbulent trio l'occupait : deux hommes d'une vingtaine d'an-

66

nées, l'un brun, l'autre roux avec des taches de
rousseur accentuées par le soleil ; et une grande
blonde aux formes voluptueuses, à peine vêtue d'un
pantalon bleu pâle très moulant et d'un bout
d'étoffe réduit qui pouvait passer pour un bain de
soleil.

— Catherine !

— Deirdre !

— Venez que je vous présente Pierre et Jock, deux
types absolument fantastiques...

— Laisse-lui donc se faire sa propre opinion !
rétorqua Pierre, avec un fort accent français.

Il saisit la main de Catherine et s'inclina, avec un
regard effronté :

— Je suis à votre disposition pour vous en
convaincre. Enchanté, mademoiselle...

— Laisse-la, Pierre ! s'exclama Deirdre. Catherine est une fille sérieuse !

— Je m'occupe de vous, Catherine ! dit Jock.
Venez !

Malgré toute la douceur et le charme de cet
Ecossais dont elle avait deviné l'origine à la
manière dont il prononçait ses « r », elle n'avait
nulle envie de se joindre à eux. D'autant plus qu'ils
avaient visiblement bu, surtout Pierre et Deirdre.

— Nous avons fait une excursion formidable !
s'exclama Deirdre en lui prenant le bras. Nous
sommes allés à l'Escalier de la Reine. Soixante-cinq
marches taillées dans le roc pour permettre le
passage des troupes depuis le fort jusqu'à la mer. La
reine s'appelait Charlotte, c'était la femme de
George III. Bon, assez de culture pour aujour-
d'hui ! Allons encore prendre un pot. Venez donc
avec nous !

— Merci... Je viens juste de boire et je ne tiens pas
à prendre autre chose...

— J'imagine ce que vous avez dû absorber. De l'eau additionnée de glaçons...

— Non, du jus de fruits. Vous devriez en faire autant.

— Ah ! non ! Je suis en vacances ! Venez vous changer les idées et vous amuser avec nous !

Malgré elle, Catherine se sentait un peu responsable de Deirdre et hésitait à l'abandonner en compagnie de ces deux garçons qu'elle ne devait pas connaître depuis longtemps. Ils n'étaient sans doute pas très dangereux mais elle préféra les accompagner.

Quand ils dépassèrent le bar sans s'arrêter, elle pensa qu'ils avaient changé d'avis et s'en réjouit. En réalité, ils se dirigeaient vers le débarcadère. Là, un canot retint leur attention.

— C'est à vous, ce bateau ? demanda Deirdre.

— Pas vraiment, hélas ! répondit Jock. Il appartient à notre patron. Allez, les filles, montez !

— Ils m'ont promis un tour en bateau ! expliqua Deirdre en voyant Catherine hésiter.

— Cela ne vous tente pas ? insista Pierre.

Bien sûr que cette promenade en bateau la tentait. Rien d'autre ne pouvait lui plaire davantage. Loin du rivage, l'air devait être plus frais et plus enivrant. Le canot était neuf, assez luxueux. Si le patron de Pierre et Jock le leur confiait, c'est qu'on pouvait leur faire confiance. Ils avaient certainement un grand sens des responsabilités. Pourtant elle continuait d'hésiter, retenue par un bizarre pressentiment.

— Vous avez peur que votre ogre de patron vous gronde ? J'ai bien vu qu'il n'était pas enthousiasmé à l'idée que nous puissions sortir ensemble. Cela ne m'étonnerait pas qu'il vous ait même défendu de me rencontrer... C'est bien ça, n'est-ce pas ?

Elle comprit qu'elle avait vu juste et prit un air triomphant. Mais Catherine, après un bref moment d'embarras, s'écria :

— Vous vous trompez !

— Je ne vous crois pas.

— Vous ne pensez quand même pas que je me laisse commander par lui ! Je fais ce que je veux et je vois qui je veux pendant mes loisirs !

— Je serai convaincue quand vous serez dans ce bateau...

C'était du chantage. Pierre et Jock les observaient d'un œil amusé. Relevant le menton, avec une assurance qu'elle était loin d'éprouver, Catherine tendit la main à Jock et entra dans le canot.

Pierre prit le contrôle des opérations. Il mit les gaz en quittant la jetée, dans un vrombissement qui attira l'attention de tous ceux qui se trouvaient sur le rivage. Joseph devait être parmi eux. Raconterait-il à Paul qu'il l'avait vue partir avec une blonde dans laquelle il reconnaîtrait tout de suite Deirdre, ainsi qu'avec deux jeunes gens ? Trop tard ! Les dés étaient jetés. Il ne restait plus qu'à jouir en toute quiétude du plaisir de franchir les vagues en offrant au vent un visage radieux. Quelle merveilleuse sensation !

Deirdre se leva bientôt pour rejoindre Pierre à la barre. Il l'enlaça et l'invita à diriger le bateau.

— Voulez-vous essayer à votre tour, Catherine ?

— Non, merci. Je suis trop bien où je suis...

Elle savourait en silence le splendide paysage, les yeux perdus au milieu des reflets bleus et verts de l'eau qui chatoyait dans leur sillage. A l'horizon, l'écume blanche des vagues déferlait sur le sable resplendissant d'une petite île nimbée d'une brume presque irréelle.

Elle venait juste de remarquer une de ces îles qui

ressemblait à un mirage, avec ses palmiers se balançant au vent et sa plage de rêve, quand Pierre s'écria :

— Nous y voilà ! Ce ne sera plus très long maintenant...

De toute évidence, il avait l'intention de débarquer ici.

— Mais... nous ne sommes pas à New Providence ! remarqua-t-elle, alarmée.

— Nous sommes ici à Coral Bay !

— Pourquoi nous arrêtons-nous ?

Ce fut Deirdre qui répondit, montrant qu'elle était au courant de cette expédition depuis le début.

— Leur patron possède une propriété ici. Fantastique, n'est-ce pas ? Vous vous rendez compte ? Etre assez plein de fric pour pouvoir se payer un coin comme ça !

S'abstenant de tout commentaire, Catherine se contenta de demander :

— Qui est leur patron ?

— Gus Stringberg, vous savez bien, le producteur de cinéma ! Oh ! Catherine, ne soyez pas rabat-joie ! Ne me gâchez pas mon plaisir !

Deirdre avait un regard si rêveur qu'elle s'inquiéta.

— Deirdre, je ne sais pas ce que vous avez en tête, mais je crois que vous avez vu trop de films. C'est très rare que dans la réalité, on soit remarquée par un producteur qui vous transforme en star...

— Allez-vous cesser vos sermons ! Pour l'amour du ciel !

— Comme vous voudrez. Mais je trouve que vous auriez pu me prévenir. Je croyais que vous vouliez seulement m'emmener prendre un pot. Vous avez ensuite parlé d'une promenade en bateau. Et nous voilà ici...

70

— C'est un peu ce qui s'est passé pour moi. Pierre et Jock m'ont proposé d'aller boire un verre quelque part. Quand j'ai demandé « où ? », ils m'ont répondu que nous allions d'abord faire un tour en bateau et que nous irions prendre un pot chez leur patron au retour. Il n'y a pas eu de cachotteries, si c'est ce que vous voulez insinuer. Vous avez vraiment un caractère impossible, Catherine, et vous voulez décidément me gâcher ma journée. Ce n'est pas tous les jours que s'offre une chance pareille à des gens comme vous et moi. Vous devriez être contente de pouvoir partager une pareille expérience ! Au lieu de cela, vous n'arrêtez pas de grogner !

— Excusez-moi. Vous avez raison. Je suis ici parce que je l'ai bien voulu. J'aurais dû demander, comme vous l'avez fait, où nous allions prendre ce pot.

L'atmosphère se détendit comme par miracle. Catherine put s'enquérir, sans provoquer d'impatience :

— A quelle heure rentrerons-nous à New Providence ?

— Etes-vous donc si pressée ? fit Pierre d'un air charmeur.

— J'aimerais assez être de retour à mon hôtel pour le dîner.

Non, elle ne craignait pas la réaction de Paul mais il valait mieux qu'il ignore son escapade.

Pierre ne répondit pas, sans doute absorbé par la manœuvre. Il renvoya d'ailleurs Deirdre s'asseoir, afin, disait-il, de mieux se concentrer.

Malgré son inexpérience, Catherine comprit qu'il ne s'agissait pas d'un port naturel. A première vue, l'entrée de l'île semblait inaccessible en raison d'une barrière de corail particulièrement menaçante. Le canot devait suivre un couloir très étroit. Pierre réussit enfin à surmonter l'obstacle ! C'est alors qu'il laissa échapper un juron en français. Suivant la direction de son regard, Catherine aperçut près de la maison un hélicoptère.

— Mais qu'est-ce qu'il peut bien faire ici ? murmura Jock.

— Un changement au programme...

— Que se passe-t-il ? questionna Deirdre, soudain inquiète.

— Rien, rien, répéta Pierre en souriant. Cela peut s'arranger, avec un peu de coopération de votre part.

— Coopération ? Pour quoi faire ?

— Pour ne rien faire. Restez tranquille, ne bougez pas. Ainsi on ne remarquera pas notre présence.

— Qui « on » ?

— Notre patron ! Gus Stringberg, évidemment...

— Mais... vous aviez dit que vous me présenteriez à lui. Vous me l'avez promis !

— J'ai menti. Chérie, c'était un mensonge sans importance, pour te convaincre de venir.

— Pourriez-vous me dire ce qui se passe ? intervint Catherine, l'air sévère.

— Il me semble que c'est évident, répondit Pierre avec insolence. Cette petite dinde s'imaginait qu'elle allait rencontrer le célèbre producteur de cinéma qui, en jetant un simple coup d'œil sur son corps magnifique, lui agiterait sous le nez un contrat mirobolant...

— En réalité, vous saviez qu'il n'était pas là aujourd'hui, déclara Catherine.

— Eh oui. Nous l'avons conduit à New Providence ce matin. Il avait rendez-vous avec le metteur en scène de son prochain film, ainsi que les deux vedettes principales. Il devait rentrer demain matin seulement, en ramenant avec lui le metteur en scène en question, sa petite amie et les deux vedettes.

— Ce n'est pas forcément un hélicoptère loué par M. Stringberg... risqua Jock, avec une nuance d'espoir.

— Allons, Jock, qui veux-tu que ce soit ? Un coup de malchance pour nous ! Il est revenu plus tôt que prévu.

— Un coup de chance pour nous ! s'exclama Catherine.

— Vraiment ? fit Pierre en souriant.

Cet homme lui inspirait de la méfiance depuis le début. Il cachait bien son jeu. A présent que son plan avait échoué, il n'avait plus de raison de dissimuler le fond de sa pensée. Il l'examina des pieds à la tête et lança d'une voix suave et sensuelle :

— C'est une affaire d'appréciation, ma petite...

— Espèce de cochon ! hurla Deirdre qui venait seulement de se remettre du choc reçu.

— Quel langage, ma chérie ! Je suis désolé de t'avoir joué ce tour mais je peux t'assurer que tu n'aurais pas été déçue. Tu te serais bien amusée.

— Ramenez-nous immédiatement à New Providence, ordonna Catherine.

— Ce n'est malheureusement pas possible. Il faut que je sache d'abord ce qui se passe. Jamais je n'ai eu une place aussi intéressante. La nourriture est bonne, les femmes ne manquent pas, la cave est parfaite, le cadre extraordinaire. Je ne vais pas risquer de perdre un pareil job pour vous faire plaisir.

— Vous n'aviez qu'à y penser avant de nous amener ici !

— Vous, vous allez vous taire et vous baisser, jusqu'à ce que nous sachions ce qui arrive. Si vous ne faites pas d'histoire et si vous ne nous causez pas d'ennuis, nous vous ramènerons à New Providence. Compris ?

Elle n'avait pas le choix.

— Tâchez au moins de ne pas rester là-bas trop longtemps...

Sans même lui répondre, Pierre et Jock s'éloignèrent.

— Vous aviez raison de vous méfier, reconnut Deirdre. J'ai agi comme une idiote. Dire que je croyais être présentée à Gus Stringberg et obtenir tout de suite un engagement...

— Vous êtes beaucoup trop crédule. Moi aussi d'ailleurs.

— Ils n'ont jamais eu l'intention de nous ramener ce soir. Qu'en pensez-vous ? Ce Pierre ne m'inspire pas confiance...

— Si je ne suis pas de retour ce soir...

— Je sais. Moi, si je ne rentre pas cette nuit à l'hôtel, personne ne s'en inquiétera. Mais vous... vous êtes dans un sale pétrin, avec ce patron terrible à qui vous devez rendre des comptes...

— Vous ne savez pas tout ! Paul doit ramener un invité, ou même plusieurs invités, pour le dîner. Il a bien insisté pour que je sois là. Il va m'écorcher vive !

— Paul... fit Deirdre en riant. Quel est déjà son nom de famille ?

— Hebden.

— Hebden... Hebden... Est-ce qu'il n'a pas été question de lui dernièrement dans les journaux ? Ce nom là me dit quelque chose...

— C'est curieux que vous disiez cela, parce que je n'ai jamais rien lu à ce sujet. Mais lui y a fait allusion, pensant que j'étais au courant de certains racontars.

— Il n'est pas dans le cinéma, par hasard ?

— Non. Il écrit des romans policiers.

— Alors, ce n'est pas lui... conclut-elle. Allons-nous vraiment rester ici tout ce temps ?

— Que faire d'autre ? Surgir dans la maison, demander à voir Gus Stringberg et exiger d'être raccompagnées ?

— Non, bien sûr... En fait, Pierre n'est pas intéressant du tout. Mais cela m'ennuie pour Jock. Nous devons lui donner une chance de se racheter, même si l'autre m'as-tu-vu y gagne aussi.

— C'est exactement ce que je pensais.

— Peut-être pourrions-nous en profiter pour visiter un peu l'île ? Pierre m'a expliqué que c'est ici que fut tourné le film *Au seuil du paradis*. L'avez-vous vu ? Gus Stringberg en était le producteur et il avait confié les principaux rôles à Zora Sheridan et Jeremy Cain. Lui était déjà connu mais elle en était à son premier grand rôle qui lui a d'ailleurs apporté la gloire.

— Oui, je l'ai vu. C'était merveilleux. Le meilleur film que j'aie jamais vu ! Il a vraiment été tourné ici ?

— D'après Pierre, oui. Bien qu'il soit un menteur de premier ordre, je ne vois pas pourquoi il aurait menti à ce sujet. Il m'avait promis de me montrer la fameuse cascade... Vous vous souvenez ?... Zora Sheridan s'y baignait nue... pour ôter de sa peau tout le sel, après son séjour forcé dans la mer. Elle avait bien vérifié que Jeremy Cain ne se trouvait pas dans les environs, avant d'enlever ses vêtements. Mais ce sale type l'avait espionnée et surprise.

— Il ne l'avait pas espionnée ! s'exclama Catherine. Il venait de la sortir de l'eau, vous ne vous rappelez pas ? Il cherchait plutôt à la protéger...

— C'était bien de sa faute si elle était tombée

dans la mer : il avait fracassé son appareil sur les récifs...

— Il l'a suivie jusqu'à la cascade pour s'assurer qu'elle était en sécurité !... C'est curieux, d'habitude, je n'aime pas les nus au cinéma mais cette scène était si bien réalisée, avec un tel naturel, qu'elle ne choquait pas.

— Zora Sheridan a un corps tellement superbe qu'il n'y a aucune honte à le montrer.

Catherine s'entêtait à vouloir défendre le héros.

— Celui qui a dirigé cette scène doit posséder une sensibilité à fleur de peau.

— Et un goût certain pour un si joli corps... ajouta Deirdre d'un ton sarcastique.

— Oh ! Deirdre !... En tout cas, je suis de votre avis : si *Au seuil du paradis* a réellement été tourné ici, à Coral Bay, j'aimerais voir la cascade, ainsi que la grotte... vous vous en souvenez ?... là où se déroule la grande scène d'amour...

— Saviez-vous que Zora Sheridan était la petite amie du metteur en scène ? Je me demande même si c'est pas par lui qu'elle avait décroché ce rôle. Et elle l'a plaqué pour Jeremy Cain. Quel calvaire cela a dû être pour lui de diriger toutes ces scènes d'amour passionné, en sachant qu'elles se poursuivaient loin des caméras. Remarquez que je comprends Zora Sheridan. Jeremy Cain est vraiment mieux. Avec ces grands yeux bleus et ces cheveux bouclés et sombres. Moi, je ne lui résisterais pas !

Catherine se souvenait vaguement d'avoir lu quelque chose de ce genre mais, très impressionnée par le film, elle n'avait pas voulu en gâcher le souvenir par ces détails trop terre à terre. L'histoire était très belle. Les deux héros sont à bord du même petit avion qui, pris dans une tempête, s'écrase sur les récifs. Ils se retrouvent sur une île inhabitée — sans savoir bien sûr qu'elle est déserte — après avoir livré un terrible combat contre les flots, le courant, les récifs acérés comme des dents de requin. Epuisés, ils s'embrassent et il la porte jusqu'à une grotte qui va devenir leur abri. Le film les fait vivre dans cette nature sauvage, entraînés l'un vers l'autre par un amour passionné mais impossible, car tous deux sont mariés à quelqu'un d'autre dans le monde civilisé. Au bout de six mois, on les retrouve et ils décident, le cœur déchiré, de retourner chacun à son foyer.

Catherine était sortie de la salle de cinéma les yeux rougis et gonflés, tellement elle avait pleuré. Et ce film avait eu un tel succès qu'à la demande du public, une suite allait être tournée : *Retour au paradis*. La distribution restant la même, la presse avait de nouveau évoqué les déboires du metteur en scène avec son amie et le héros du film.

Deirdre et elle se mirent en route, contournant soigneusement la maison. C'était une splendide demeure aux murs pastel recouverts d'une profusion de bougainvilliers. Elle ressemblait plutôt à une *hacienda* espagnole qu'à une des constructions coloniales typiques de la région et elle était entourée de jardins de toute beauté, étagés en terrasses jusqu'à la mer, chaque terrasse étant décorée de sculptures. Des chants d'oiseaux multicolores s'échappaient de tous les arbres et d'immenses papillons aux teintes éclatantes voletaient au-dessus d'une masse de fleurs odorantes.

La première impression qu'elles eurent de Coral Bay fut celle d'un port très bien entretenu pour bateaux de luxe. Et bientôt, elles se retrouvèrent au milieu de cette végétation sauvage qui avait servi de cadre au film *Au seuil du paradis*. Transportée dans un autre monde, Catherine n'aurait pas été autrement étonnée de voir surgir une main masculine, brûlée par le soleil, écartant quelques branches au passage de la brune Zora.

Quand une main bronzée apparut pour retenir une branche et permettre à Zora Sheridan de passer — non pas l'héroïne du film, mais une créature au maquillage impeccable et à la démarche inimitable d'une vedette —, Catherine resta bouche bée. En y réfléchissant plus tard, elle ne comprit d'ailleurs pas très bien sa surprise. Il était évident que certaines scènes du nouveau film seraient réalisées sur les mêmes lieux que le précédent. Le tournage avait peut-être commencé. Ou alors l'actrice venait se familiariser de nouveau avec ce cadre où elle était censée avoir vécu plusieurs mois.

Catherine et Deirdre eurent le même réflexe : elles s'écartèrent devant la vedette et lui adressèrent leur plus gracieux sourire. Celle-ci les regarda avec curiosité, tout aussi surprise que son compagnon aux yeux d'un bleu lumineux et à la bouche sensuelle. De toute évidence, il appréciait en connaisseur les deux inconnues qu'il avait devant lui. Avec un sourire charmeur, il s'inclina et ils poursuivirent leur chemin.

— Vous... vous... avez vu... ? bégaya Deirdre.

— Oui. Jeremy Cain...

— Pincez-moi, pour que je sois sûre de ne pas rêver. J'ai vu Jeremy Cain. En chair et en os ! Et je n'ai même pas réagi ! Il est terrible, n'est-ce pas ? Mille fois plus beau que sur l'écran. Oh ! Catherine ! C'est le plus grand jour de ma vie !

Catherine se mit à rire, gagnée par cet enthousiasme.

— Oui, c'est le jour des surprises ! remarqua-t-elle.

Elle ignorait qu'elle n'était pas au bout de ses

surprises et que la meilleure, la plus redoutable s'avançait déjà, dans le fracas assourdissant de la cascade dont l'eau grondait près d'elles. Ce fut en débouchant dans une clairière qu'elles le virent. Une sorte de sixième sens l'avertit sans doute de leur présence car il se leva et se retourna lentement, posant sur Catherine un regard d'un vert profond et insondable. Que pouvait-il bien faire, tapi en cet endroit, comme un animal aux aguets ?

Chapitre sept

— Catherine ! s'exclama-t-il, sans manifester la moindre contrariété. Que faites-vous ici ?

— Hello, Paul ! Je me posais la même question à votre sujet !

— Une nuance : moi je n'ai pas de comptes à vous rendre !

Moi non plus ! pensa-t-elle.

— Je suis venue avec... avec Deirdre.

— Je vois.

Après tout, elle n'avait pas de raison d'être embarrassée. Sa désobéissance n'était pas délibérée. Le hasard lui avait fait rencontrer Deirdre et, dans l'intérêt de celle-ci, elle avait préféré l'accompagner dans sa folle escapade. Prenant un ton plein d'assurance, elle déclara simplement :

— Pierre et Jock nous ont conduites en bateau ici. Sans avoir la permission de leur patron, dois-je préciser. La malchance a voulu qu'il revienne plus tôt que prévu...

— La présence d'esprit des uns fait parfois le malheur des autres.

— C'est un dicton ? Je n'ai jamais rien entendu de pareil.

— Disons que c'est une réflexion appropriée. Que comptez-vous faire maintenant ?

— Rester cachées jusqu'à ce qu'ils puissent nous ramener là-bas.

— Sans que Gus se doute de quoi que ce soit, je suppose.

— Oui.

— Mais voilà... le pot aux roses est découvert... ?

— J'en ai l'impression.

— Eh bien, je ne vois qu'une solution : nous rendre à la maison et prévenir Maria, la gouvernante de Gus, qu'elle devra mettre deux couverts de plus au déjeuner.

Le visage de Deirdre s'épanouit. Que lui importait le fait que Pierre et Jock puissent avoir des ennuis, voire être renvoyés. Elle allait peut-être s'asseoir à la même table que Jeremy Cain... Catherine lui jeta un regard réprobateur mais elle réalisa soudain que sa propre position n'était pas plus enviable que celle des deux employés de Gus Stringberg. Le visage fermé de Paul ne lui disait rien qui vaille. Pourtant, elle se crut obligée d'intervenir en faveur de Pierre et de Jock, sans préciser qu'elle avait été jouée par Deirdre et eux.

— Paul, avez-vous une influence quelconque sur M. Stringberg ?

— Si j'ai de l'influence sur lui ?

— Oui. Pourriez-vous arranger les choses pour Pierre et Jock ?

— Cela dépend... si j'ai une bonne raison de le faire...

— Si c'est moi qui vous le demande ?

— Excusez-moi, ce n'est pas très galant mais c'est non. Il faudrait que j'en retire une satisfaction bien plus personnelle et égoïste.

Quel affront ! Elle s'y attendait un peu. Que pouvait-il bien cacher derrière ce petit sourire ? Quoi qu'il en soit, elle ne pouvait s'empêcher d'éprouver une certaine reconnaissance. Elle n'aurait pas aimé en effet qu'il la réprimande devant Deirdre.

Le sentier étroit ne leur permettait pas d'avancer à deux de front. Paul avait pris la tête, elle le suivait et Deirdre fermait la marche. Soudain, il s'arrêta, se tourna vers Catherine.

— C'est entendu pour ces deux idiots. J'en parlerai à Gus.

D'un geste délibéré, il tendit la main vers son front pour écarter une mèche de cheveux, puis il lui caressa la joue et la prit par le menton, plongea son regard dans le sien. Elle comprit que cette attitude pour le moins familière avait pour but de faire croire à Deirdre qu'il existait entre eux une certaine intimité. Il fallait qu'elle entre dans son jeu en échange de son intervention en faveur de Pierre et de Jock. Pourquoi ? Elle l'ignorait. Elle battit simplement des cils pour marquer son accord. Il l'approuva du regard. Et voilà ! Le marché était conclu. Un marché dont elle ignorait les termes...

Maria, la gouvernante de Gus Stringberg, était une Jamaïcaine âgée d'une quarantaine d'années, dotée d'une opulente poitrine. Avec un large sourire qui révélait des dents d'une blancheur éblouissante, elle enregistra la présence de deux invitées supplémentaires, comme si elle était habituée à servir à l'improviste des gens sortis d'un peu partout. Aucune trace par contre de Gus Stringberg, de Zora Sheridan ou de Jeremy Cain. Ce fut donc Paul lui-même qui demanda à la gouvernante de montrer aux deux jeunes filles où elles pouvaient se laver les mains et se recoiffer.

Après les avoir conduites à une luxueuse salle de bains, elle leur expliqua que le déjeuner serait servi dans vingt minutes et l'apéritif dans le patio, au bord de la piscine, dès qu'elles seraient prêtes.

Laissant couler l'eau dans le lavabo mauve, Deirdre lança :

— Je ne savais pas que vous aviez un travail aussi agréable auprès de votre patron. Si j'avais su, je me serais abstenue de lui faire du charme...

— Ce n'est pas du tout ce que vous imaginez, répliqua sèchement Catherine.

— Quel choc en le voyant près de la cascade ! Qu'est-ce qu'il fait par ici ?

— Je n'en sais rien. Il avait rendez-vous avec quelqu'un ce matin. Probablement avec Gus Stringberg...

— Oh ! Vraiment ? Que peuvent-ils avoir à traiter ensemble ?

— Sans doute participe-t-il à la réalisation du nouveau film... Peut-être est-ce lui qui écrit les dialogues.

— Mais oui ! C'est sûrement ça ! Oh ! C'est merveilleux ! Quelle aventure ! Je vais déjeuner dans la maison d'un des plus grands producteurs de cinéma... Dépêchons-nous, Catherine !

La demeure semblait immense mais heureusement des bruits de voix et des rires leur permirent de s'orienter. Gus Stringberg était là, agité d'un énorme rire. Imposant, avec le physique d'un Viking, il s'avança pour les saluer d'une poignée de main énergique, chaleureuse comme son rire.

— Paul m'a expliqué les raisons de votre présence ici, ma chère Catherine. Soyez la bienvenue chez moi !

Il n'avait même pas attendu d'être présenté pour lui parler ainsi, avec un léger accent suédois. Zora Sheridan et Jeremy Cain se tournèrent vers Paul qui fit alors les présentations. Deirdre rayonnait de bonheur et de fierté. Elle était dans son élément et avait bien l'intention d'attirer l'attention sur elle.

Embarrassée, Catherine assistait à ses manœuvres de mise en valeur, sous le regard courroucé de Zora Sheridan. Paul la considérait avec une certaine indifférence mais il n'en pensait pas moins. Gus Stringberg et Jeremy Cain se contentaient d'être courtois comme on l'est avec une invitée ou une admiratrice encombrante. Obsédée par la conduite de sa camarade, Catherine en oublia de remarquer d'autres détails qui l'auraient intéressée au plus haut point.

Elle avait l'impression de vivre la scène d'un film de Gus Stringberg, dans un cadre qui ressemblait à un décor avec ses sièges profonds et de couleurs vives, la piscine ronde, la table de Plexiglas portant les grands verres et un pot assorti qui contenait un cocktail aux fruits. La seule chose qui échappa à Catherine fut qu'il s'agissait vraiment d'une scène où chacun jouait un rôle, à l'exception de Gus Stringberg, très naturel. Deirdre cherchait à briller. Jeremy Cain exerçait le charme qui avait assuré son succès à l'écran. Zora Sheridan riait un peu trop souvent, d'un rire qui sonnait faux. Et Catherine était entraînée malgré elle à jouer le rôle que lui avait attribué Paul. A la manière dont il posait la main sur son bras, dont il lui caressait doucement la peau, dont il commentait ou approuvait tout ce qu'elle disait, chacun pouvait penser qu'ils étaient tous deux intimement liés et depuis longtemps déjà.

— Votre voyage en avion s'est bien passé ? lui demanda Gus.

— Très bien, merci...

— A propos d'avion, intervint Jeremy Cain, j'étais assis à côté d'une bonne femme qui a dormi tout le temps et n'arrêtait pas de ronfler !

— Comment peut-on s'endormir quand on est à côté de vous ? minauda Deirdre.

— Ma première femme parlait pendant son sommeil, déclara Gus.

— C'est pour cela que vous avez divorcé ? Elle vous a révélé des choses inavouables ? plaisanta Zora. Attention, Catherine, si vous rêvez à voix haute, vous voyez où cela peut mener !

— Il paraît en effet que je parle en dormant...

— Mais vous bredouillez seulement des phrases incompréhensibles, compléta Paul d'un ton tranquille.

Elle n'en crut pas ses oreilles. Toutes les libertés qu'il avait prises avec elle jusque-là n'étaient rien à côté de cette révélation. Il insinuait froidement devant tout le monde qu'il partageait son lit !

Comme personne ne semblait accorder une importance particulière à ce qu'il venait de dire, elle pensa qu'elle l'avait mal compris. C'était possible, après toutes les émotions de la journée. Le cocktail qui lui avait paru inoffensif, lui embrumait peu à peu le cerveau, alors que les autres buvaient sans être apparemment incommodés.

Pendant le déjeuner, Zora fut éblouissante. Fascinée par sa beauté, Catherine se souvint des cheveux qui lui tombaient jusqu'à la taille dans le film. Ce jour-là, elle les avait relevés, ce qui mettait en valeur la finesse de ses traits. Ses grands yeux sombres se posaient souvent sur Paul, avec une expression indéfinissable.

Parce que *Au seuil du paradis* avait été tourné en ces lieux, Catherine ne put s'empêcher de penser au metteur en scène qui avait donné à Zora sa chance et qui du même coup l'avait perdue. Dans quelle atmosphère tendue le tournage avait dû se dérouler ! Et quelle tension provoquerait le tournage de la suite !

— Aucune trace du metteur en scène et de sa

86

nouvelle petite amie, lui glissa Deirdre à l'oreille. Pierre n'avait-il pas mentionné leur présence ?

— Peut-être ont-ils dû modifier leur programme...

— Quel dommage ! J'aurais donné n'importe quoi pour voir la réaction de Zora devant la nouvelle conquête de son ancien amant... Croyez-vous qu'il l'aime encore ?

— Pierre n'a jamais été aussi précis, Deirdre ! Vous faites du roman...

— Allons ! Croyez-vous que ces gens-là s'en tiennent à un léger flirt ? Mais non ! Ils couchent ensemble !

— C'est leur affaire ! Je suis contente de ne pas avoir été mêlée à une pareille situation. Je m'étonne que cela vous excite ainsi. Il a assez souffert. J'espère qu'il a trouvé quelqu'un qui le traite mieux que Zora et qu'ils sont très heureux ensemble. Ce serait bien fait pour Zora !

Les scènes d'amour du film, bien que tournées avec beaucoup de décence et quoique très belles, laissaient peu de place à l'imagination. Le metteur en scène avait dû être au supplice en dirigeant sa propre amie et son nouvel amant, car il n'ignorait certainement pas leur liaison. Qu'avait-il alors éprouvé ? Et comment avait-il pu accepter de réaliser une suite à ce film ? D'autant plus que la campagne publicitaire annonçait un film encore plus cru et plus osé que le précédent...

Après le déjeuner, tous allèrent paresser au bord de la piscine, dans de confortables transats.

— Que faisons-nous cet après-midi ? demanda Jeremy Cain.

— Un plongeon dans la piscine ! s'écria Deirdre.

Deux minutes plus tard, elle était déshabillée et apparaissait dans un bikini très exigu. Zora qui l'avait imitée, réussit cependant à étonner encore plus Catherine en exhibant un maillot symbolique qui se composait d'un minuscule bout de tissu et d'une fine cordelière. Il est vrai qu'habituée à jouer nue dans certaines scènes, comme celle de la cascade, elle ne se sentait nullement gênée. Elle évoluait au contraire avec beaucoup de grâce et de naturel. Catherine se demanda si c'était parce que Zora était si maigre qu'elle paraissait si peu sensuelle. Elle avait sans doute maigri depuis son dernier film. Disparues ses rondeurs parfaites. A présent elle n'aurait pu tourner la même scène. Elle n'avait même pas de poitrine ! Décidément, elle était mieux habillée... Sans bien comprendre pourquoi, Catherine éprouva une certaine satisfaction à cette idée, elle qui n'avait jamais été jalouse de sa vie. Quelque chose l'agaçait chez Zora Sheridan. Mais quoi ?

Paul s'approcha d'elle. En plissant les yeux, elle admira son corps d'athlète. Il était lui aussi en maillot, un maillot bleu qui moulait ses hanches étroites. Une médaille en argent ressortait sur la toison sombre de son torse et sa peau hâlée. Il dégageait une telle impression de force, de virilité, qu'elle en eut la gorge serrée.

— Vous n'avez pas honte d'être aussi paresseuse ? plaisanta-t-il.

Le beau regard vert s'attarda sur le creux de sa gorge. Il avait certainement remarqué son trouble qui la faisait respirer plus fort.

— Pourquoi ne voulez-vous pas vous mettre aussi en tenue de bain et vous amuser avec nous ?

Depuis le petit déjeuner, elle ne portait pas de soutien-gorge et n'ayant pas prévu une telle sortie, elle n'avait pas emporté de maillot.

— Zora pourrait sûrement vous prêter une tenue, déclara-t-il, comme s'il avait deviné son embarras.

— Non, non, merci !

— C'est toujours la même chose !

— Comment cela ?

Paul cessa enfin de fixer le décolleté de sa robe pour tourner les yeux en direction de Zora et Deirdre.

— Celle qui possède le corps le plus harmonieux s'efface toujours devant les autres, celles qui en ont trop ou qui n'en ont pas assez, et elle garde ses charmes bien cachés.

Elle ne put s'empêcher de rire devant cette description laconique de Deirdre et Zora. Soudain, elle rougit, consciente du compliment qu'il venait de lui adresser. Pourtant, elle maintint son refus de se baigner. Ah ! Si seulement elle pouvait se réfugier dans sa chambre d'hôtel à l'obscurité si accueillante. L'alcool, le soleil brûlant auquel elle n'était pas habituée, la nourriture insuffisante qu'elle avait absorbée, tout concourait à la rendre dolente, somnolente. A quelques pas seulement, un transat libre la tentait, à l'ombre d'un grand arbre. Mais toute énergie l'avait quittée. Elle frissonna et s'endormit comme une masse.

Quand elle ouvrit les yeux, le soleil avait tourné. Elle était à l'ombre à présent. Ce petit somme lui avait fait du bien. Elle s'assit et s'aperçut avec étonnement qu'elle était seule, près de la piscine.

Il n'y avait personne non plus dans la maison.

— Ah ! Vous voilà, mon cœur ! s'exclama soudain Maria d'un ton jovial. J'allais justement jeter un nouveau coup d'œil sur vous. Tout à l'heure, vous étiez toute recroquevillée et vous dormiez comme un chérubin. Voulez-vous que je vous montre votre chambre ? Que préférez-vous ? Deux chambres séparées ou une chambre pour deux ?

— Nous ne rentrons donc pas à New Providence aujourd'hui ?

— Non. On m'a dit de tout prévoir pour votre séjour ici. Alors, deux chambres ou une seule ?

Bien que tentée par une chambre indépendante, Catherine hésitait à se séparer de Deirdre. Dieu seul savait ce qu'elle était capable d'inventer ! Surtout si Pierre se trouvait dans les environs ou bien si Jeremy Cain séjournait également dans cette maison.

— Une seule chambre, s'il vous plaît, déclarat-elle avec force.

Comme si la gouvernante avait lu dans ses pensées, elle vit le visage de celle-ci s'éclairer d'un large sourire de connivence.

— Très bien, mademoiselle Catherine. Si vous voulez bien me suivre... Préférez-vous être à l'est ou à l'ouest ?

— A vrai dire, je n'ai pas de préférence...

— Dans ce cas, je vais vous donner la chambre d'où vous pouvez regarder le soleil couchant. C'est plus romantique...

La pièce en question était de toute beauté. Catherine ne put s'empêcher de manifester à haute voix sa surprise, devant son immensité, son ameublement luxueux, son atmosphère fraîche et reposante. Elle donnait sur un balcon, commun avec la chambre voisine. La mer s'étalait devant elle, scintillante et tranquille.

Le coucher de soleil sous les Tropiques... Un souvenir désormais inoubliable et pour toujours lié à Paul, Paul qui l'avait attendue pour assister avec elle à ce premier émerveillement, pour partager avec elle ces précieux instants.

90

— Avez-vous encore besoin de quelque chose, mademoiselle ?

— Non, merci, Maria, vous pouvez me laisser...

Bien sûr, elle aurait dû s'enquérir de ses compagnons et demander à quelle heure était le dîner. Mais elle avait trop envie d'aller sur le balcon pour admirer une fois encore, dans l'air embaumé et caressant, la mer sereine avec au loin le son familier du ressac sur les récifs de corail. Le soleil descendait à l'horizon et le ciel s'embrasait. Catherine ferma les yeux, songeant à un autre balcon, aux bras de Paul la serrant contre lui.

Un bruit de pas derrière elle la fit sursauter. Sans se retourner, elle lança d'une voix enjouée :

— Deirdre ? Venez assister au coucher de soleil ! C'est un moment inoubliable !

— Vous prêchez un converti !

Elle se retourna brusquement, en entendant cette voix qu'elle ne connaissait que trop et qui n'était pas celle de Deirdre. Et leurs corps se heurtèrent. Elle serait tombée s'il ne l'avait retenue.

— Paul ! Je... je ne savais pas... je ne vous attendais pas...

— Pas si tôt, vous voulez dire.

— Je ne m'attendais pas à vous voir ici.

Toujours cette fâcheuse habitude d'entrer dans sa chambre sans en être prié ! Il fallait que cela cesse !

— Où étiez-vous ? demanda-t-elle sèchement.

— Comment ? Maria ne vous a pas expliqué que j'ai raccompagné Deirdre à New Providence ? J'en ai profité pour faire reprendre vos bagages et rendre nos chambres d'hôtel.

— Maria ne m'a rien dit du tout ! Elle a dû oublier.

— Elle pensait sans doute que je vous avais prévenue. Mais vous dormiez quand nous sommes

91

partis. Or vous saviez que nous devions quitter New Providence. Alors, je n'ai pas voulu vous réveiller, vous traîner là-bas et vous ramener ensuite...

Il était beaucoup trop proche d'elle pour qu'elle puisse coordonner ses pensées.

— ... puisque c'est ici que nous devions séjourner, acheva-t-il.

— Attendez ! murmura-t-elle. Vous... Vous avez reconduit Deirdre à New Providence ?

— Oui. Je l'ai même escortée jusqu'à la porte de sa chambre d'hôtel. Elle m'a prié de vous dire au revoir et de vous dire aussi à quel point elle avait été heureuse de vous rencontrer et de passer une si bonne journée. Elle espère que vous aurez l'occasion de vous rencontrer de nouveau...

— Deirdre... n'est pas revenue... avec vous...?

— Bien sûr que non ! Pourquoi ?

— Oh ! Mon Dieu ! Je croyais...

Qu'avait dû penser Maria quand elle lui avait demandé une seule chambre ? Il était inutile à présent de chercher à qui cette chambre était destinée... Tout s'expliquait : l'air de connivence de Maria, son rire, son commentaire sur le coucher du soleil... Elle savait, elle ! Et lui, que devait-il penser ? Il devait croire la partie gagnée. Après la farouche résistance qu'elle lui opposait depuis le début, il s'imaginait sans doute qu'elle venait de céder.

Paul lui tapota doucement la joue, conscient de sa confusion.

— Eh bien ! Qu'est-ce qui ne va pas ?

— Quand Maria m'a demandé de choisir entre une chambre indépendante ou une chambre pour deux, j'ai cru que c'était Deirdre qui serait avec moi. Je veux que vous le sachiez ! Vous me croyez, n'est-ce pas ? Vous le savez bien.

— Je ne sais rien du tout, répliqua-t-il, furieux. Quoique... en y réfléchissant bien, j'aurais tort de m'étonner. C'est bien de vous ! Depuis notre première rencontre, vous n'arrêtez pas ! C'est le régime de la douche écossaise. Mais à quoi jouez-vous ?

— Je ne joue pas ! Je trouve votre familiarité fort déplacée. Vous considérez comme acquises des choses qu'aucun homme correct...

— Grands dieux ! Quelles choses ?

— Que nous avons...

— Mais, ma parole, vous vous disputez ! s'écria Maria dont le visage apparut soudain par l'entrebâillement de la porte. J'ai frappé pourtant. Si vous ne vouliez pas que je m'en mêle, il ne fallait pas laisser la porte ouverte ! Vous saviez bien, monsieur Paul, que je devais venir défaire vos bagages. Je vous l'avais dit !

— C'est vrai, Maria.

Il ne quittait pas Catherine des yeux.

— J'ai besoin de me rafraîchir, lui expliqua-t-il. Si vous le permettez, je vais prendre une douche.

Elle lut sur son visage qu'il ne cherchait nullement à se dérober. Il attendit d'ailleurs qu'elle lui donne son accord. Comment ne pas le laisser s'en aller, quand Maria la regardait d'un œil noir et réprobateur ?

— Vous n'êtes pas gentille avec monsieur Paul, ma petite, fit la gouvernante dès qu'il eut tourné les talons.

— Vous ne pouvez pas comprendre, Maria...

— Je comprends très bien ! C'est un homme bon et il a déjà assez souffert comme ça ! Je ne sais pas ce que vous voulez, vous, les filles modernes ! Je crois que votre mère ne vous a pas donné assez de fessées quand vous étiez petites...

— Maria !

— Je sais ! Je sais ! Ma place n'est pas ici. On me demande de défaire vos bagages et de retourner à mes casseroles. C'est tout !

Les traits fermés, elle quitta le balcon et commença à déballer les affaires. Catherine voulut l'en empêcher, car elle ne comptait pas partager cette chambre avec Paul. Mais à quoi bon mêler Maria à leurs différends ? Il ne serait pas difficile de tout remettre dans la valise dès que cette question serait réglée.

— Voilà, c'est terminé, annonça la gouvernante.

— Merci, Maria.

Malgré elle, Catherine se sentait coupable depuis les réprimandes de la brave femme. Mais elle ne voyait vraiment pas en quoi elle avait été fautive...

Au moment où elle rentrait dans la chambre et fermait la porte du balcon, Paul sortit de la salle de bains, une serviette autour des reins. Il rejeta d'une main les mèches encore mouillées qui lui tombaient sur le front.

— Je vais me sécher ici, pendant que vous prendrez votre douche. Sinon nous risquons d'être en retard. Si durant la journée un certain non-conformisme est de rigueur, il n'en est pas de même le soir. Gus aime que ses invités soient ponctuels et s'habillent pour dîner. Rappelez-vous ce que je vous ai dit ce matin : soyez éblouissante !

— Je n'aime pas être traitée comme un de vos objets personnels. Je ne suis pas un trophée ni un meuble ! Je ne veux pas qu'on dispose ainsi de moi !

— Vous ferez ce que je vous dis ! répliqua-t-il d'une voix dure. C'est le moins que vous puissiez faire !

Encore une allusion à ce maudit chèque ! Il devait servir notamment à l'achat d'une garde-robe appropriée. Par un accord tacite, elle avait accepté d'agir en sorte qu'il soit fier d'elle. Mais après ce qu'il venait de dire, la révolte grondait en elle. Furieuse, elle renonça à la ravissante robe bleue que Pussy lui avait fait acheter et choisit dans la penderie une autre tenue, plus quelconque.

— Mettez celle-ci ! commanda Paul en décrochant la robe de crêpe bleu.

— Je n'ai pas à recevoir d'ordre de vous ! Nous allons en discuter une bonne fois pour toutes !

— C'est entendu. Mais plus tard. Je n'ai pas l'intention de tolérer le moindre scandale dans la maison d'un ami. Vous allez enfiler cette robe et nous descendrons dîner. Vous serez aimable, en bavardant de tout et de rien. Et ensuite, nous nous retrouverons ici pour parler sérieusement ! Compris ?

Pas plus que lui, elle ne voulait de scène en public. De plus, elle mourait de faim. Et Maria qui avait des idées très arrêtées sur l'éducation des enfants, refuserait sûrement de lui monter un plateau, rien que pour la punir... Quant à engager une discussion l'estomac vide, c'était au-dessus de ses forces. Elle lui prit donc la robe des mains dans un geste de mauvaise humeur et s'enferma dans la salle de bains.

Pussy avait eu raison de lui conseiller cette robe. C'était certes une folie mais une si merveilleuse folie... L'étoffe presque impalpable, le camaïeu de bleu, le modèle lui-même, tout s'harmonisait pour créer une image subtilement sensuelle et pourtant romantique. Un grand décolleté lui dénudait les épaules, le dos, la gorge et dévoilait la naissance de sa jeune poitrine. La robe accentuait sa taille fine pour s'évaser sur les hanches qu'elle mettait en valeur à chacun de ses pas. Les chaussures assorties avaient des talons d'une hauteur vertigineuse. Il ne sera pas facile de marcher avec ça, pensa-t-elle, un rien inquiète. Mais elles allongeaient si bien sa silhouette qu'elle oublia très vite ses craintes.

Avec un soin tout particulier, elle se maquilla les yeux, leur donnant un éclat un peu mystérieux. Une touche de brillant sur les lèvres. Et un coup d'œil critique dans le miroir. Non, elle ne pouvait faire mieux... Cette constatation ne suffit pas à dissiper au fond d'elle-même une certaine appréhension qui, sans qu'elle s'en doute, ajoutait à son charme.

— Je suis prête, annonça-t-elle simplement.

Paul qui se trouvait encore sur le balcon, se retourna et resta interdit.

— Vous êtes ravissante ! s'écria-t-il, sans chercher à masquer sa fierté et avec une évidente suffisance. Jamais encore vous n'avez été aussi adorable. Je connais quelqu'un qui ce soir ne soutiendra pas la comparaison et acceptera plutôt mal d'être éclipsée par vous ! Les autres n'auront d'yeux que pour vous et vont m'envier !

— Je n'ai jamais rien entendu d'aussi stupide ! s'exclama Catherine. Personne ne va vous envier quoi que ce soit ! On verra mes joues rouges et on saura que nous nous sommes querellés...

— Bien au contraire, ma chérie... plaisanta-t-il. On verra le scintillement de vos yeux, vos joues empourprées par la passion et on pensera que nous venons de faire l'amour.

Chapitre huit

Bien qu'agacée par cette réflexion, Catherine
passa la soirée dans une atmosphère plus agréable
qu'elle ne l'avait prévu. Il est vrai qu'elle n'y
participa que très peu car elle ne cessait de se
répéter mentalement tous les mots de sa conversation avec Paul. C'était à n'y rien comprendre ! Elle
refusait de lui accorder ce qu'elle considérait
comme répréhensible. Et parce qu'elle agissait
ainsi, il la jugeait mal et essayait de la culpabiliser...
Bien sûr, il était beau, il était riche, il était
célèbre. Toutes les femmes lui couraient après. Il
avait sans doute l'habitude de mettre dans son lit
celle qu'il voulait. Et pour une fois, son charme
n'opérait pas. Il était donc furieux. Pourtant, elle
avait l'impression qu'il existait une autre explication à son étrange comportement.

— Excusez-moi... J'étais distraite... Vous disiez ?
Jeremy Cain répéta pour la troisième fois.

— Tu vois bien, Jeremy, que seul Paul l'intéresse !
s'exclama Gus, en éclatant de rire. Jeremy Cain, la
superstar, obligé d'insister pour qu'une femme
l'écoute...

C'était vrai. Paul seul l'intéressait. Elle n'avait
pas cessé de le regarder, pour percer son secret mais
aussi, elle devait bien l'avouer, parce qu'il était
extrêmement séduisant dans son smoking.

— Excusez-moi... Je n'ai pas très bien saisi...

— Il est vraiment difficile de vous faire un compliment ! s'indigna Jeremy. Jusqu'à présent, j'avais toujours pensé que le meilleur moyen d'accaparer l'attention d'une femme était de lui dire qu'elle était belle... Savez-vous qu'une des nuances de votre robe est exactement la même que celle de vos yeux ?

— Tu exagères ! intervint Zora. Tu ne vois donc pas que c'est une habile ruse féminine ? Tu ne croyais quand même pas qu'il s'agissait d'une simple coïncidence ?

— Quelqu'un en ressentirait donc du dépit ? répliqua-t-il sèchement.

— Allons, allons, les enfants, pas de chamailleries à ma table ! Tu es charmante, toi aussi, Zora, dans cette robe...

Zora n'avait aucune raison d'être jalouse de la politesse de Jeremy à l'égard de sa voisine de table. Elle était comme toujours fascinante, dans une robe d'un blanc très pur qui faisait ressortir sa peau dorée par le soleil et ses splendides cheveux noirs.

— Si nous prenions le café sur la terrasse ? proposa Gus.

Jeremy se leva aussitôt pour tenir la chaise de Catherine mais Paul fut plus prompt. Il lui posa la main sur le bras, avec un air de propriétaire et la conduisit dehors. La lune éclairait la terrasse, une douce musique parvenait jusqu'à eux.

— Vous savez danser ? lui demanda-t-il.

— C'est-à-dire...

— A l'ancienne mode ? fit-il en la prenant dans ses bras.

— Pourquoi ? Il en existe une autre ?

Que lui arrivait-il ? Elle se sentait soudain légère et insouciante. Malgré l'animosité de Zora, il était si agréable d'être le point de mire de trois hommes charmants et attentionnés. Même si Gus se montrait moins empressé que les deux autres, il avait su la mettre à l'aise pendant le dîner.

— Vous avez la mine réjouie d'un chat qui lappe de la crème... enfin, je devrais plutôt dire d'une petite chatte...

— C'est exact! répliqua-t-elle modestement. J'ai beaucoup aimé ce dessert, cette *crème brûlée*. Et je n'ai jamais rien mangé d'aussi délicieux que ce steak, bien que pour mon goût et pour ma pauvre tête, il y ait eu un peu trop de vin rouge dans la sauce...

— L'*entrecôte marchand de vin* est une des spécialités de Pierre.

— De Pierre? Je voulais complimenter Maria...

— Ce n'est pas parce qu'elle vous a parlé de « retourner à ses casseroles » qu'il faut la prendre pour un cordon-bleu. C'est une excellente gouvernante mais elle ne sait même pas cuire un œuf!

— Vous avez donc entendu notre conversation, tout à l'heure, dans la chambre?

Il sourit d'un air diabolique.

— Quand Maria vous a reproché de ne pas être gentille avec moi? Les femmes d'ici ont une attitude très simpliste en ce qui concerne les rapports entre sexes. Pour elles, l'homme est le maître et une femme doit s'estimer heureuse du grand bonheur qu'il lui fait en lui accordant son attention...

— Et bien sûr, c'est une attitude que vous approuvez!

— Absolument! Maria vous a dit des choses très sensées... Vous auriez dû recevoir un peu plus de fessées dans votre enfance. J'ajouterais qu'il n'est jamais trop tard pour...

— Essayez un peu!

— C'est une invitation?

— Allez au diable!

— Ce n'est pas très gentil de me traiter ainsi, moi qui ai intercédé en faveur de Pierre et de Jock, comme vous me l'aviez demandé...

— Ah! oui! J'aimerais, à ce propos, que vous me racontiez ce que vous avez dit exactement à Gus. Comment a-t-il pu vous croire?

— Qu'importe... Je ne voulais surtout pas passer pour un idiot. Vous avez compris, je suppose, que Gus et les deux autres étaient les invités que j'avais prévus pour ce soir...

— Je le pensais, en effet.

— Comment auriez-vous fait pour être de retour à New Providence à l'heure du dîner? Vous saviez que je tenais à votre présence. Vouliez-vous me jouer un mauvais tour? me fausser compagnie?

— Non. Il n'y avait aucune raison pour que je ne rentre pas à l'heure. Deirdre, Pierre et Jock m'ont fait croire que nous partions pour une simple promenade en bateau. J'ignorais qu'ils s'arrêteraient ici...

— J'aurais aimé voir leur tête quand ils ont aperçu l'hélicoptère et qu'ils ont compris que leur plan était à l'eau!

Elle se mit à rire doucement. Sur le moment, la situation n'avait rien de drôle mais, à présent, tout son comique lui apparaissait.

— En effet! J'étais navrée pour Jock qui est dans le fond un brave garçon. Je le suis un peu aussi pour Pierre, depuis que je l'ai rencontré en descendant dîner. Il ne savait plus où se mettre. Il avait encore du mal à croire que j'étais une invitée.

— Il sera plus prudent à l'avenir. Il amènera sans doute d'autres filles, en l'absence de Gus. Mais il les choisira avec plus de soin. Je suis furieux contre vous!

— Je sais. Merci de n'avoir pas laissé éclater

votre colère devant Deirdre. Et merci d'être inter-
venu en faveur de Pierre et Jock.

— Je ne pouvais pas faire autrement. Après tout,
c'est moi qui les avais mis dans un tel pétrin...

— Vous ?

— Allons ! Croyez-vous que j'étais ici par hasard ?

— Excusez ma stupidité mais je le supposais en
effet. J'ai pensé qu'il s'agissait d'un heureux hasard.
Alors, c'est à cela que vous faisiez allusion quand
vous avez dit : « la présence d'esprit des uns fait
parfois le malheur des autres » ?

— Bien sûr ! Quand Joseph m'a raconté qu'il vous
avait vue monter dans le canot de Gus, j'ai compris
que jamais vous ne seriez de retour à l'hôtel pour le
dîner. Et comme j'avais déjà parlé de vous à tout le
monde, il fallait que je trouve un moyen de ne pas
perdre la face.

— Joseph vous a raconté qu'il m'avait vue ! s'exclama-t-elle, indignée.

— Il n'a pas l'habitude de jouer les espions. Il
est venu me trouver parce qu'il était inquiet à votre sujet et ne savait quoi faire. Tout le monde
ici connaît Pierre et Jock et sait de quoi ils sont
capables.

— Je suis désolée d'avoir mal jugé Joseph... Mais
vous ne m'avez toujours pas expliqué comment
vous avez présenté la chose à Gus. Lui avez-vous
parlé de ma stupidité ?

— Non. J'ai prétexté une envie de venir sur les
lieux du tournage, avant l'arrivée de toute l'équipe.
Gus s'est réjoui de ma conscience professionnelle et
a immédiatement accepté ce changement de programme. Et comme c'est un homme compréhensif,
il a trouvé tout naturel que pour vous avoir près de
moi, j'aie envoyé Pierre vous chercher en canot. Et

j'ai raconté que Deirdre se trouvait justement avec vous quand il vous a rencontrée... Voilà.

— Cela m'aurait ennuyée que Gus me prenne pour une idiote. A vrai dire, je ne sais pas pourquoi j'ai agi avec tant de légèreté. Ce n'était pas une décision réfléchie. J'ai obéi à une impulsion sans en mesurer les conséquences. Une chose qui ne doit jamais vous arriver, je suppose ?

— Il fut un temps où je le pensais, en effet, murmura-t-il sur un ton de confidence qui l'émut.

Tout compte fait, elle ne s'en était pas trop mal sortie. Sa situation était loin d'être inconfortable.

Vers la fin de leur conversation, ils avaient cessé de danser mais il la tenait toujours dans ses bras. Et soudain, il lui prit doucement la nuque, tandis que son autre main glissait avec une lenteur calculée le long de son dos. Electrisée, embrasée, elle réagit avec une ardeur sauvage qui l'étonna elle-même. Dans un déferlement de passion, son corps se moula instinctivement contre celui de Paul, créant une intimité qu'elle n'avait jamais connue avec un autre homme et elle ne put ignorer que son désir à lui était tout aussi intense que le sien.

— Vous choisissez bien votre moment ! murmura-t-il, troublé, en s'emparant de ses lèvres offertes et en la pressant plus fort contre lui. J'ai tellement envie de vous !

Elle le savait et en était bouleversée. Mais bientôt il se ressaisit.

— Nous devons rejoindre les autres, déclara-t-il d'une voix plus calme.

Elle approuva d'un signe de tête, reprenant lentement contact avec la réalité. Ils se trouvaient par chance dans un endroit assez sombre. Paul passa le bras autour de sa taille et ils revinrent vers les autres. Elle tenait à peine debout.

— Ah vous voilà ! s'écria Gus. J'allais crier comme pendant un tournage : « Coupez ! ». Votre café est en train de refroidir !

Catherine refusa le brandy qu'il lui tendait. Elle n'en avait pas besoin. La tête vide, le corps tout entier parcouru d'un étrange frémissement, elle se sentait bien, merveilleusement bien.

Jamais elle n'oublierait cette soirée. Au déjeuner, la présence de Deirdre avait faussé les rapports du groupe, estompé les caractères. A présent, Catherine avait vraiment l'impression d'assister et même de participer à une scène de théâtre. Seulement, elle ne savait pas son rôle. Paul le lui soufflait. Gus jouait un personnage secondaire et servait à mettre en relief les autres, tout en s'amusant beaucoup. Zora et Jeremy étaient les amants... au bord de la rupture. Etaient-ils lassés l'un de l'autre ou un des deux avait-il cessé de s'intéresser à l'autre ? Jeremy craignait peut-être de subir le même sort que le metteur en scène. Ou bien Zora avait-elle jeté maintenant son dévolu sur Paul ? Elle avait une curieuse façon de le regarder à travers ses cils baissés ; le petit sourire de Paul indiquait qu'il était très conscient de cet intérêt, même s'il ne faisait rien pour l'encourager. Avait-il percé son jeu ? Pourtant Zora déployait toute sa séduction. Combien de temps résisterait-il encore à cet assaut ?

Catherine éprouva soudain le besoin de le sentir plus proche d'elle, de le détourner de Zora. Il avait la main posée sur son bras. Elle glissa doucement ses doigts entre les siens. Jamais elle n'aurait imaginé qu'on puisse se dire tant de choses par un contact aussi léger. Le trouble qu'elle avait d'abord éprouvé se transforma bientôt en une fièvre insupportable. Alarmée, elle retira précipitamment sa main. Après leur baiser de tout à l'heure, ils avaient dû, Dieu merci! obéir aux règles du savoir-vivre et rester avec le groupe. Que se serait-il passé s'ils étaient montés aussitôt? Non! Il ne fallait pas qu'elle partage la chambre de Paul. Il avait trop d'emprise sur elle. Saisie de panique, elle décida de demander à Maria une autre chambre.

Les tasses à café se trouvaient encore sur la table. Le prétexte était excellent pour partir à la recherche de Maria. Elle fit mine de se lever pour débarrasser la table.

— Je vais porter tout cela à la cuisine...

— Ne vous en occupez donc pas, Catherine! protesta Gus.

— Mais si, mais si...

Munie du plateau, elle entra dans la cuisine. Aucune trace de Maria. En attendant, elle lava les tasses, les essuya et les disposa de nouveau sur le plateau. Maria ne revenant toujours pas, elle décida d'aller la chercher. C'est le moment que choisit Paul pour apparaître dans l'encadrement de la porte.

— Vous m'avez suivie? questionna-t-elle, le cœur battant.

— Nous manquions de glace.

— Ah! bon. Savez-vous où je pourrais trouver Maria?

— Pourquoi? fit-il en fronçant les sourcils.

— Je voudrais une autre chambre. Je ne passerai pas la nuit avec vous! ajouta-t-elle en haussant le ton.

— Ne hurlez pas! Vous voulez vraiment qu'on nous entende?

— Cela m'est bien égal! Cette fois, vous ne me retiendrez pas. Vous allez trop loin! Votre conduite à mon égard est inadmissible!

— Je peux en dire autant de la vôtre... Que

104

pensez-vous de votre attitude sur la terrasse, tout à l'heure ?

— Vous êtes un mufle ! répondit-elle en baissant les yeux. Vous avez assez d'expérience avec les femmes. Vous connaissez votre registre par cœur...

— Si vous ne cessez pas immédiatement de dire des sottises, vous, vous allez apprendre à me connaître ! Et de plus, sachez que, malgré l'immense expérience que vous me prêtez, je n'ai encore jamais rencontré une femme comme vous !

L'arrivée de Maria la dispensa de répondre.

— Monsieur Paul, vous vous disputez tout le temps ou vous attendez à chaque fois que j'arrive ?

— Vous déboulez toujours au mauvais moment, Maria, répondit-il d'un ton crispé.

D'un coup d'œil glacial adressé à Catherine, Maria montra dans quel camp elle se plaçait.

— Cette petite demoiselle vous cause bien des soucis, monsieur Paul.

— A qui le dites-vous ! Vous vouliez quelque chose, Maria ?

— Je venais seulement vous prévenir que votre chambre était prête. Je vous ai donné la chambre voisine de celle de mademoiselle Catherine, avec le balcon commun... Comme ça, si vous avez envie de vous réconcilier...

Un nouveau coup d'œil à Catherine, l'air de sous-entendre : « Vous savez ce qui vous reste à faire... » et elle se tut.

C'était une conspiration ! En d'autres circonstances, Catherine aurait sans doute ri mais pour le moment elle étouffait plutôt de fureur, parce qu'il l'avait laissée se ridiculiser. Finalement, le rire l'emporta.

— Mais vous, que cherchez-vous ici ? s'enquit Maria.

— Nous voulions de la glace.

— Allez, allez, retournez là-bas. Je l'apporterai !
fit-elle en fredonnant un calypso et en esquissant
quelques pas de danse.

Maintenant, pensa Catherine, le plus difficile
reste à faire. Il faut que je présente mes excuses à cet
individu !

— Merci d'avoir demandé à Maria... ce que vous
savez...

— Il n'y a pas de quoi.

— Mais si !

— Si vous me trouvez chevaleresque, je préfère
vous détromper. J'ai agi par pur égoïsme. Entre
deux maux, j'ai choisi le moindre.

— Comment cela ?

— C'est très simple. Ou bien je m'exposais à la
réprobation de Maria, peut-être même à sa colère,
ou alors, si vous étiez restée dans les mêmes disposi-
tions, je risquais fort de dormir sur le balcon...

— Je vois...

— Mais après ce qui s'est passé tout à l'heure sur
la terrasse, je regrette d'avoir changé de chambre.

— Si vous ne l'aviez pas fait, décréta-t-elle,
c'était le balcon !

Et elle avança vers la porte aussi vite que le lui
permettaient ses talons hauts. Il la rattrapa cependant, lui saisit la main, fixa sa bouche tremblante. Il
semblait vouloir parler mais il se contenta de
sonder son regard de ses yeux couleur de jade.

Troublée par cette muette interrogation, elle
rejoignit avec lui Gus et les deux autres invités. La
soirée touchait à sa fin et elle ne fut pas mécontente
quand il fut question d'aller se coucher. Ce fut Paul
qui donna le signal du départ, non sans l'avoir
d'abord fixée d'un air indéfinissable.

106

— Je vous raccompagne là-haut, si vous êtes prête...

— J'arrive. Gus, merci de ce merveilleux dîner...

— Vous l'avez rehaussé de votre charmante présence. Bonne nuit, Catherine, dormez bien.

— Merci. Bonne nuit, Gus.

Zora et Jeremy s'étaient entre-temps levés et les adieux se prolongèrent encore dans l'escalier. Maintenant que la question de la chambre était réglée et qu'il lui paraissait moins redoutable, Catherine abandonnait sans arrière-pensée sa main à celle de Paul. Devant sa porte, il la lui pressa doucement et murmura « bonne nuit » d'un ton léger, avant de rejoindre sa propre chambre, quelques pas plus loin... donnant sur le même balcon... Pourvu que ce bonsoir soit bien le dernier de la journée, souhaita-t-elle, en proie à un certain malaise. Au même moment, il se retourna et surprit son regard posé sur lui. Un très léger sourire se dessina sur ses lèvres, comme s'il devinait exactement ce qui la tracassait et se moquait de sa pruderie. Les joues en feu, elle entra dans sa chambre et claqua la porte.

Pourquoi, pourquoi ne parvenait-elle pas à détester cet homme au caractère impossible, suffisant, égoïste et puis... et puis... Assise sur le bord de son lit, elle se prit la tête entre les mains. Il pensait que toutes les femmes le trouvaient irrésistible. Ou du moins la plupart des femmes. Et elle était de celles-là.

Le coup frappé à la porte du balcon ne la surprit guère. Elle sursauta pourtant. Un instant, elle envisagea de ne pas répondre. Mais Maria n'avait pas condamné cette issue. Il entrerait quand même. Elle se leva, s'approcha de la vitre en soulevant le rideau.

C'était bien lui, avec en main le roman qu'elle

avait acheté pour avoir une idée de son œuvre, avant de travailler pour lui. En défaisant leurs bagages, la gouvernante avait tout naturellement pensé que ce livre appartenait à Paul et l'avait laissé dans sa chambre. Il aurait pu choisir une heure moins tardive pour le lui rendre.

Elle ouvrit la porte, juste assez pour qu'il puisse lui passer le livre. Mais il l'écarta délibérément et entra.

— Le roman n'était qu'un prétexte, reconnut-il en se laissant tomber sur le lit. J'aurais pu vous le rendre demain. Mais il faut que nous ayons une explication.

— Une explication ? s'exclama-t-elle, l'air ironique.

Sans sa veste de smoking, avec sa chemise au col ouvert, il était terriblement séduisant. D'un geste nonchalant, il rejeta en arrière quelques mèches qui avaient glissé sur son front.

— Avez-vous une meilleure idée ?

— Ecoutez ! Si vous avez quelque chose à me dire, dites-le et allez-vous-en !

— Voilà qui n'est pas très gentil...

— Je n'ai aucune envie d'être gentille !

Le visage de Paul se durcit. Elle commettait une erreur. Il n'était pas venu pour l'importuner à cette heure tardive. Il désirait vraiment s'expliquer avec elle mais face à cette hostilité, toute sa cordialité disparut.

— Vous ne pensez pas que vous auriez mieux fait de vous interroger sur vos états d'âme avant d'accepter notre marché ? demanda-t-il, d'un ton brutal.

— En effet, j'aurais dû bien réfléchir avant, répliqua-t-elle durement. Mais j'avais besoin de cet argent. Notre *Agence Pussy Cat* en avait besoin de toute urgence... Je n'ai considéré que cela.

— Faute avouée est à moitié pardonnée...
déclara-t-il, après un silence.

De toute évidence, elle venait encore de le choquer. Avec effort, il retrouva un visage impassible pour ajouter :

— La seule raison qui m'ait conduit ici est la suivante : je voulais vous rassurer, vous permettre de dormir tranquillement et de vous réveiller demain sans craindre quoi que ce soit. J'ai réfléchi toute la soirée et j'en suis arrivé à la conclusion que vous êtes venue ici sans vraiment savoir de quoi il s'agissait. Mais, Catherine, je dois vous prévenir : je ne suis qu'un homme. Et jamais encore je n'ai rencontré une diablesse comme vous ! Votre langue, votre corps, tout chez vous est provocation. Il se pourrait bien qu'un jour vous en soyez punie. Si vous continuez ainsi, Dieu seul sait ce que vous allez devenir ! Je devrais suivre le conseil de Maria, vous mettre sur mes genoux et vous administrer une bonne fessée. Ou bien je pourrais vous prendre au mot et accepter ce que vous m'offrez...

— Vous n'êtes pas un homme. Vous êtes un monstre !

Leurs regards se croisèrent et elle vit qu'il faisait un immense effort pour garder son sang-froid.

— Ecoutez-moi, espèce de petite folle ! Vous ne savez pas de quoi vous parlez et vous avez eu de la chance de tomber sur un type comme moi. Vous auriez pu rencontrer un vrai monstre, quelqu'un qui aurait exigé brutalement sa part de viande fraîche ! Vous auriez pu connaître les pires ennuis. Alors, voilà ce que j'étais venu vous dire : bien que vous vous soyez moquée de moi, j'ai intérêt à tirer le meilleur parti de la situation. D'ailleurs, à y bien réfléchir, je préfère qu'il en soit ainsi...

— Paul, je suis sans doute la fille la plus stupide qui soit mais... je ne comprends pas un seul mot...

— Dois-je donc vous parler crûment ? J'ai besoin de votre apparence plus que je n'ai besoin d'une femme. Contentons-nous de montrer que nous sommes... disons... très liés. Vous avez très bien joué votre rôle, ce soir. Continuez ainsi et nous serons quittes.

— Paul, pardonnez-moi, ne vous fâchez pas surtout... mais... je ne sais pas de quoi vous parlez ! Oh ! J'ai bien compris que vous vouliez me faire passer pour votre maîtresse mais j'ignore pourquoi...

— Ne me dites pas que vous n'êtes pas au courant de ces ragots !... La presse à sensation en est pleine !

— Quels ragots ? murmura-t-elle, craignant d'aviver sa colère.

— Catherine, vous vous moquez de moi ?

— Tout ce que je voudrais, pour le moment, c'est vous comprendre...

— D'accord. Mais si vous vous payez ma tête, attendez-vous à ce que je prenne ma revanche ! Je parle des rumeurs concernant Zora et Jeremy...

— Ah ! C'est cela !

— Oui, c'est cela ! Cette histoire, celle qu'on ne verra pas sur l'écran, fait couler plus d'encre et agite plus les esprits que le véritable scénario du film. Quand Zora est tombée amoureuse de son partenaire...

Pourquoi lui parlait-il de cette histoire maintenant ? Et avec tant d'amertume. Etait-il le meilleur ami du metteur en scène plaqué par Zora ? Ou bien était-il lui-même amoureux de Zora ?

— Je n'avais jamais vu un tel déferlement de passion, poursuivait-il. Les critiques ont placé Zora sur un piédestal. Elle était éblouissante... la grande découverte de la décennie... un mélange détonant

110

d'innocence et de rouerie, à la fois ange et démon... Ils disaient qu'elle éclipsait toutes les autres actrices, parlaient de la beauté fascinante des scènes d'amour qui apportaient une dimension nouvelle au cinéma, un érotisme plein de candeur et d'innocence. Bref, les critiques les plus endurcis y ont été de leur petite larme, lors de la projection publique. Ainsi, même le spectateur le plus rigoureux en matière de morale pouvait voir le film sans embarras... Et voilà !

Elle ne comprenait toujours pas. Pourtant, sa gorge se serra malgré elle.

— Les femmes ! gronda-t-il. Elles ne méritent pas qu'on s'occupe d'elles ! Qu'est-ce que Zora a donc de si extraordinaire ? Toutes les femmes jouent très bien la comédie ! Elles se moquent bien des hommes. Tout ce qu'elles veulent, c'est en tirer quelque chose. Du bon temps ou une promotion dans leur carrière. Elles sont nées avec le don de prendre le plus possible en accordant le moins possible. Est-ce que je me trompe, Catherine ?

— Je vous plains, Paul, murmura-t-elle. Ce doit être terrible d'avoir l'esprit aussi faussé...

— Et qui l'a ainsi déformé ? Vous êtes-vous posé la question ?

En le prenant en pitié, elle l'avait mis à bout. Il s'avança en effet vers elle et la saisit par les bras. Il va me secouer ou me battre, se dit-elle. Au lieu de cela, il l'attira contre lui et l'embrassa sauvagement. Elle n'avait pas menti. Elle le plaignait sincèrement. Son amertume justifiait sa conduite, aussi elle ne le repoussa pas. Peut-être pouvait-elle l'aider à revoir son jugement. Cette idée la réjouit. Jamais encore on ne l'avait embrassée dans un accès de colère. Non seulement ses lèvres mais son corps tout entier réagissaient malgré elle, répondant à la passion par la passion. Elle s'accrocha à lui, consciente de la force de son désir, rejetant la tête en arrière pour lui offrir sa bouche. C'est à peine si elle s'aperçut qu'il la déshabillait, tant il y mettait de délicatesse. Ce n'était pas un adolescent maladroit et hâtif qui la tenait dans ses bras mais un homme plein d'expérience, connaissant le pouvoir et la volupté d'une caresse ou d'une pause, capable de dominer son propre désir pour mieux lui révéler le sien.

Il lui frôla doucement la gorge pour descendre plus bas, vers ses seins nus et gonflés. Un long frémissement la parcourut. Affolée par ce déferlement de sensualité, elle savait qu'elle devait l'empêcher de continuer. Maintenant. Avant qu'il ne soit trop tard. Mais toute volonté l'avait abandonnée.

Les lèvres de Paul quittèrent sa bouche et glissèrent sur sa gorge pour s'emparer de la pointe durcie d'un sein, lui révélant, dans un éblouissement, des sensations insoupçonnées, une sorte de joie animale et sauvage. L'intensité du choc fut telle qu'elle fut prise d'un tremblement incoercible et qu'elle s'éloigna de lui, alors qu'elle ne songeait pas du tout à le rejeter, bien au contraire. Il avait sûrement deviné ce qui se passait en elle. Il lui fallait quelques instants de calme pour retrouver son équilibre. Après, cela irait mieux.

Mais il ne la reprit pas dans ses bras. Elle l'interrogea du regard.

— J'aurais dû attendre jusqu'à demain, déclara-t-il d'un ton brusque. Ce n'est pas une heure pour discuter...

— Quelle girouette ! s'emporta-t-elle. Vous venez ici soi-disant pour une explication. Maintenant vous prétendez que ce n'est pas une heure pour parler. Il serait temps que vous adoptiez une stratégie précise

112

et que vous vous y conformiez ! D'abord, vous ne vouliez pas que je vienne ici. Cela se lisait dans vos yeux quand vous m'avez accueillie à l'aéroport. Alors pourquoi m'avoir engagée et m'avoir envoyé mon billet d'avion ? Et tout à l'heure, je ne vous ai pas demandé de venir dans ma chambre. C'est vous qui vous êtes imposé. Et pour autant que je sache, je ne me suis pas déshabillée toute seule... Vous aviez envie de faire l'amour avec moi. Prétendrez-vous le contraire ?

— Du calme !

— Comment, du calme ? Vous ne manquez pas de culot ! Mais j'aurai au moins appris une chose avec vous... c'est qu'il n'y a pas que les femmes qui peuvent être des allumeuses...

Elle crut qu'il allait exploser de fureur.

— C'est bien, vous l'aurez voulu ! Sachez que si je fais l'amour à une femme, j'aime qu'elle fasse au moins semblant d'être attachée à un idéal. Ramener cela à une simple opération commerciale en diminue la valeur !

Ah ! non ! Il n'allait pas recommencer à divaguer ! Si le sens de ses paroles était un mystère, l'intention de blesser était en tout cas évidente.

— Sortez !... Sortez d'ici !

Des yeux, elle chercha un objet à lui jeter à la figure. Ironie du sort ! Son livre lui tomba sous la main. Après tout, un juste retour des choses !

Il l'attrapa au vol.

— Merci ! fit-il avec un sourire mielleux. Je le garde, parce que je ne l'ai pas encore lu. Je connais pourtant la plupart des romans qu'il a écrit. Après une soirée comme celle-ci, il y a peu de chances que je m'endorme rapidement. Ce vieux Lucien me tiendra compagnie...

— Vous ne l'avez pas lu ?... Qui ça « il » ?... De qui parlez-vous ?

— De Lucien Chance. Ce type qui écrit sous le pseudonyme de Lucky Chance. Il était aussi à la soirée de Louise, là où nous nous sommes rencontrés, vous et moi. Un grand type, à lunettes, assez effacé. Jamais vous ne penseriez qu'il gagne sa vie avec des récits de ce genre. Il est très peu bavard...

Chapitre neuf

Dès qu'il fut parti, Catherine s'effondra sur son lit.

Paul n'était pas Lucky Chance... Lucky Chance était cet homme au teint pâle, aux lunettes d'écaille, ce grand blond qui, à son avis, n'avait pas l'assurance des gens qui voyagent. Elle avait recherché ce soir-là quelqu'un d'extraordinaire !

Mais alors, Paul Hebden... Soudain, en un éclair, tous les éléments du puzzle s'assemblèrent. Paul était le metteur en scène que Zora avait trompé avec Jeremy Cain ! Voilà pourquoi il tenait tant à ne pas perdre la face, à exhiber Catherine comme un trophée... Voilà pourquoi il manifestait tant de désinvolture à l'égard des femmes en général, de ces têtes folles qui en échange de leur corps escomptaient faire carrière dans le cinéma. Et voilà pourquoi Deirdre et elle s'étonnaient de l'absence du metteur en scène et de sa nouvelle amie. Ils n'étaient pas du tout absents ! Paul... et elle. Le rouge lui monta soudain aux joues. Quel affreux malentendu !

Elle avait bien remarqué, chez Louise, que Paul s'intéressait à elle d'un peu trop près. Et elle s'était obstinée à lui offrir ses services... des services de secrétariat, tout ce qu'il y a de plus honnête, de plus respectable. N'étant pas écrivain, il n'avait pas de manuscrit à taper et n'avait donc pas besoin de secrétaire. Alors, il avait immédiatement pensé qu'elle exerçait le plus vieux métier du monde... Et ce qu'il avait acheté, c'était le droit de partager son lit. Il avait loué une maîtresse ! En exhibant une petite amie, il mettait fin à tous les racontars, il pouvait diriger les scènes d'amour entre Zora et Jeremy sans que personne ne lui attribue des tourments ou des états d'âme particuliers.

Décidément, elle avait toujours le don de se fourrer dans des situations impossibles, celle-ci étant la pire de toutes. Elle tortilla frénétiquement une mèche de cheveux. Dire que Paul avait tenté de la dissuader de partir en lui accordant un délai de réflexion ! Voilà pourquoi il n'avait pas été content de la voir à l'aéroport de New Providence et pourquoi il se permettait certaines privautés avec elle. Il en avait le droit. Elle, elle n'avait pas respecté le contrat signé avec lui, sans même réfléchir. Le rouge de son front s'accentua quand elle songea à la scène qui venait de se dérouler. Alors qu'elle était prête à s'abandonner dans ses bras, c'est lui qui l'avait repoussée, refusant sans doute de faire l'amour avec une débauchée.

Elle éclata en sanglots. Elle n'était pas ce qu'il croyait ! Il fallait qu'il le sache ! Ce soir même ! Tout de suite ! Se levant précipitamment, elle saisit son peignoir, puis le reposa. Il lui donnait l'air d'une pensionnaire ingénue. Pussy lui avait fait acheter un cafetan et celui-ci ferait parfaitement l'affaire en la circonstance. En peignoir, elle risquait d'éveiller sa sympathie. Elle enfila donc le cafetan. Il était de toute beauté, en soie, avec de grandes fleurs exotiques orange et or et tombait en plis souples jusqu'au sol.

Elle trouva sur la coiffeuse sa brosse et son peigne en ivoire mais il était trop tard pour s'inventer une coiffure sophistiquée. Elle se contenta de brosser soigneusement sa chevelure cuivrée et replendissante et de lui laisser son mouvement naturel. Toute trace de larmes avait disparu de son visage. Seuls ses immenses yeux saphir gardaient un éclat inaccoutumé. Sans plus attendre, elle passa par le balcon et frappa à la porte de la chambre de Paul.

Il répondit immédiatement, comme s'il s'attendait à sa venue. Mais quand il la vit, son visage se ferma. Il était sur la défensive.

— J'ai à vous parler...

— A me parler ? s'étonna-t-il, légèrement moqueur.

La même scène avait eu lieu dans l'autre chambre, quelques instants plus tôt. Les rôles étaient seulement inversés.

— Oh ! Je sais bien que vous ne ferez rien pour me faciliter la tâche, soupira-t-elle. Je suis venue vous dire que je ne suis pas une voleuse...

— Vous venez vous acquitter de votre dette ?

— Si vous y tenez, oui.

Ce n'était pas exactement ce qu'elle avait l'intention de lui annoncer mais il était si intimidant.

— Je n'ai pas bien entendu. Parlez plus fort !

— J'ai dit oui, répéta-t-elle.

— Vous en êtes bien sûre ?

Il épiait sa réaction, ce qui la fit rougir et tortiller machinalement une mèche de cheveux, jusqu'au moment où il lui retint la main.

— Je crois que nous ferions mieux de discuter en adultes raisonnables.

Et il s'assit sur le bord du lit, l'attirant sur ses genoux. Etait-ce vraiment ainsi qu'agissaient les adultes raisonnables ?

— Ce n'est pas mieux ainsi ? Vous n'êtes pas plus à l'aise ? demanda-t-il en glissant ses doigts dans ses cheveux.

— Si, admit-elle, troublée par la caresse de son pouce sur sa nuque.

— Alors, comme ça, vous venez vous acquitter de votre dette ?

— Si vous le désirez... murmura-t-elle d'une toute petite voix.

— Pardon ? Qu'avez-vous dit ?

— J'ai dit oui.

— Très bien ! Allez ! Au lit ! commanda-t-il. Eh bien ?... Qu'attendez-vous ?

— Rien...

Mon Dieu, qu'elle se sentait misérable soudain ! Elle chercha à se dégager, à quitter ses genoux. Mais rapide comme l'éclair, il lui attrapa la taille et l'immobilisa, tandis qu'il lui saisissait le menton et la forçait à le regarder.

— Moi aussi j'ai réfléchi, figurez-vous, dit-il. Je n'ai pas cessé de penser à vous depuis que je vous ai quittée.

— C'est vrai ? s'étonna-t-elle en rougissant de plus belle.

— Catherine, combien de fois avez-vous été déshabillée par un homme, avant ce soir ?

— Je... je n'ai pas compté !

— Parce que vous ne saviez pas encore compter ! Parce que vous deviez être encore un bébé et que c'est une corvée dont votre père a dû se charger quelquefois !

— Très perspicace... ironisa-t-elle.

— J'aurais dû le comprendre plus tôt. Bien avant la scène ridicule de tout à l'heure, dans votre chambre : tous les indices concordaient. Il faut que vous sachiez que ce que nous faisions n'a généralement rien de choquant...

— Je n'ai pas été choquée !

— Pire ! Vous étiez pétrifiée. Quand je vous ai...

enfin... je sais que ce fut un choc pour vous mais c'en fut un aussi pour moi. Vous trembliez tellement que j'ai cru que vous alliez vous évanouir. Etait-ce un nouveau stratagème ? Etait-ce une réaction spontanée ? Je n'en savais rien. Tout d'un coup j'ai pensé que vous étiez peut-être vierge, dans le sens habituel du mot, c'est-à-dire que vous n'aviez jamais eu de relations avec un homme. Mais jamais, au grand jamais, je n'aurais imaginé que tout chez vous était vierge. Cela ne vous gêne pas que je vous parle aussi franchement ?

— Oh ! Non ! C'est... fascinant... continuez...

— Pauvre petite chatte ! Vous n'osez même pas me regarder. Pourquoi ne m'avez-vous pas arrêté ? Pourquoi ne m'avez-vous pas dit tout simplement que vous n'aviez jamais été aussi loin avec un homme ? Nous aurions évité ce fiasco...

Elle sursauta, blessée au plus profond d'elle-même. Un fiasco ? Cette révélation de la volupté, cette émotion enivrante de ses lèvres sur son sein ? Oh ! Non ! Il n'avait pas le droit de dégrader ainsi ce merveilleux souvenir.

— Je vous prie de m'excuser. Si j'avais su... jamais je ne vous aurais importunée par une conduite aussi... inconvenante.

Qu'il se taise ! pensait-elle. Tout devenait avec lui mesquin, indécent. Mais il poursuivait :

— J'aurais dû me rendre compte que jamais votre comportement n'avait été provocant. J'aurais dû comprendre que votre regard candide était vraiment sincère. Vous vous rappelez que je vous avais dit que le diminutif Cat ne vous allait pas ? Que je connaissais un nom plus approprié ? Comme j'avais raison alors ! Vous n'êtes qu'une petite chatte perdue... une toute petite chatte incomprise, surprise par l'orage et qui ne sait pas se mettre à l'abri...

Il éclata de rire.

— Dès le début, nous allions à contretemps. Vos réponses étaient très différentes de celles que je reçois en général d'une fille que je drague. Je vous reprochais de parler par énigmes, comme s'il s'agissait d'un nouveau jeu de société !

— J'en avais déduit que vous ne vouliez pas parler affaires ce soir-là...

— Nous ne pensions pas au même genre d'affaires ! Dites-moi à présent de quoi il s'agissait. Commencez par m'expliquer ce qu'est *Pussy Cat.*

— Une agence de secrétariat. Lors de notre entrevue...

— Quelle entrevue ?

— Dans votre chambre d'hôtel...

— Parce que ce n'était qu'une entrevue ? Pour moi, c'était tout simplement un rendez-vous galant. Je comptais vous inviter à dîner. Si seulement j'avais accepté de procéder à cet essai que vous proposiez ! Nous aurions aussitôt dissipé ce malentendu !

— Pour moi, il s'agissait d'un test de dictée et de dactylographie. Cela me paraissait aller de soi. A quoi pensiez-vous ?

— Dois-je le préciser ?

— Je comprends, murmura-t-elle, indignée.

— Attendez ! Attendez ! Ne vous mettez pas en fureur. Je vous fais remarquer que je n'ai pas accepté votre offre...

— Je me demande bien pourquoi...

— J'avais une autre opinion de vous. Vous ne pouviez être si vulgaire...

— Admettons. Le chèque que vous m'avez remis me semble exorbitant pour quelques moments de

120

distraction... Je trouvais que c'était payer très cher des travaux de dactylographie... Est-ce un tarif normal pour le genre de services que vous attendiez de moi ?

— Ne soyez pas méprisante comme ça, Catherine, répondit-il en dominant sa colère. Je ne vous ai pas insultée, moi ! Sachez que je n'ai jamais eu besoin de payer une femme pour lui faire l'amour. Aussi je n'en ai pas cru mes oreilles quand vous avez insisté pour ne considérer que l'aspect commercial de notre affaire. Je vous ai vraiment tendu la perche, donné un temps de réflexion. Je ne m'attendais pas à vous voir à l'aéroport de Nassau.

— Je sais... fit-elle en soupirant. Tout s'est tellement compliqué ! Imaginez ma surprise quand je me suis aperçue que nous occupions des chambres contiguës, à l'hôtel de New Providence et qu'elles ne fermaient pas à clé !

— Et si vous m'expliquiez maintenant comment vous est venue l'idée saugrenue de m'offrir vos services de secrétaire ?

— Je vous ai pris pour quelqu'un d'autre. Je voulais rencontrer Lucky Chance. Louise m'avait dit qu'il avait des travaux de dactylographie à exécuter. Elle me l'a montré du doigt, au moment où il discutait avec vous... J'ai tout de suite pensé que vous étiez l'écrivain et quand vous me l'avez confirmé, je...

— Mais je ne vous ai rien confirmé du tout !

— Mais si ! Je vous ai demandé si je devais vous appeler monsieur Chance...

— Comme c'est stupide ! s'exclama-t-il. Je vous ai répondu que cela dépendait de vous... J'espérais avoir la chance de vous séduire...

— Comment ? Vous pensiez réellement pouvoir

me mettre dans votre lit aussi vite ? Mais c'est dégoûtant !

— Cessons de parler de tout cela. A quoi bon ? Décidons plutôt de ce que nous allons faire à présent.

— Je rentre chez moi ! décréta-t-elle d'un ton catégorique. Cela prendra peut-être beaucoup de temps mais je vous promets de vous rembourser jusqu'au dernier centime...

— Vous ne me devez rien. L'argent n'a pas grande importance. J'admets que vous n'avez pas cherché à m'escroquer.

— Pour vous c'est peut-être sans importance. Pas pour moi ! Je mets un point d'honneur à vous rembourser. Plus tôt je serai rentrée chez moi, plus tôt je pourrai travailler et gagner de l'argent.

— Catherine, je vous en prie, la situation est suffisamment délicate pour que vous ne la compliquiez pas davantage. Ecoutez-moi. C'est un ordre !

— Bon. Très bien ! J'ai conclu un marché, même si je ne savais pas ce que je faisais. D'accord ! Je vous ai vendu mon corps. Je suis à votre disposition ! Quelles que soient vos exigences, je me plierai à votre volonté...

— Dieu ! Qu'elle est horripilante !... Je vous préviens que si vous ouvrez la bouche encore une fois, sans y être invitée, je vais les exercer mes droits, comme le prévoit ce damné marché ! Vous ne voyez donc pas que c'est un autre accord que je veux vous proposer ? Allez-vous enfin m'écouter ?

— Oui, aboya-t-elle.

— Vous avez débarqué dans ma vie comme un cadeau du père Noël. En temps normal, j'aurais remis à sa place une fille me faisant de pareilles avances — ou ce que je prenais à tort pour des avances. J'aime bien, en ce domaine, qu'on me

122

laisse l'initiative. Vous arriviez au moment précis où je partais pour les Bahamas, assez contrarié à l'idée d'être de nouveau la cible de la presse à sensation. En vous amenant ici, je coupais court à toutes les rumeurs. Vous me suivez ?

— Oui. Coral Bay a servi de cadre au film *Au seuil du paradis* dont on va réaliser une suite. Vous êtes ici pour cela.

— Très bien ! Continuez...

— J'ai d'abord cru qu'en tant qu'écrivain, vous alliez écrire les dialogues. Vous n'êtes pas écrivain mais vous êtes quand même quelqu'un d'important dans cette équipe. Vous devez donc être le metteur en scène, celui qui...

— Ne craignez pas d'exprimer le fond de votre pensée. Inutile de me ménager. Vous voulez que je continue à votre place ? Eh bien, oui ! Je suis l'imbécile qui a jeté son amie dans les bras d'un autre type.

— Je suis désolée. Zora est très belle. Quelle torture cela a dû être pour vous de les voir plus amoureux l'un de l'autre chaque jour...

— De leur mettre moi-même leurs répliques à la bouche, de leur créer une atmosphère appropriée, d'exiger un réalisme cru dans les scènes d'amour... Vous avez raison. Ce fut une véritable torture... Vous comprenez à présent, Catherine, dans quelle situation intolérable vous me mettriez en rentrant brusquement en Angleterre ?

— Oui. Que vouliez-vous me proposez ?

— De rester et de gagner cet argent que vous tenez à me rendre. Non ! Ne m'arrachez pas les yeux ! Je ne vous veux pas dans mon lit ! Ce soir, vous avez tenu à la perfection votre rôle. Par moments, vous me contempliez comme si vous étiez vraiment amoureuse de moi. C'en était impressionnant. Je vous propose de continuer ainsi. Si vous pensez pouvoir supporter en public que je vous traite comme la nouvelle femme de ma vie, je vous donne ma parole qu'en privé, vous n'aurez rien à redouter de moi.

Supporter ? Il était donc aveugle ? N'avait-il pas compris qu'il la faisait fondre d'un simple regard, qu'il l'embrasait dès qu'il la touchait ? Et maintenant qu'elle connaissait les raisons de son attitude, elle ne songeait même plus à le taxer d'arrogance. Sa méfiance à l'égard des femmes était tellement justifiée. Quel calvaire avait dû être le sien, durant le tournage du film ! Perdre son amie, savoir qu'on est en plus sujet à la pitié et la raillerie de son entourage... Non ! Il ne fallait pas qu'il endure de nouveau ce tourment. Elle ne le laisserait pas tomber.

Mais pourrait-elle supporter de vivre à ses côtés, en sachant qu'il la considérait comme un élément utile, sans plus ? En public, contrairement à ce qu'il imaginait, il n'y aurait aucun problème. Mais serait-elle capable, en privé, de feindre l'indifférence ?

— Alors, Catherine, que répondez-vous ? Il vous faudra jouer la comédie quand les autres seront là. Rassurez-vous, je n'irai jamais au-delà de certaines limites. Je suis sûr qu'il ne vous sera pas trop pénible de me donner la réplique.

S'il savait ! Elle était capable de tenir ce rôle une vie entière, sans même jouer la comédie...

— Je vais essayer, murmura-t-elle.

— Merci. Bien sûr, si vous aviez refusé, j'aurais trouvé une autre solution mais ma situation aurait été assez inconfortable.

— Auriez-vous accepté une autre réponse ?

— Je crois que non, répondit-il avec un rien

124

d'arrogance. Mais vous ne perdrez rien, Catherine. En privé, je vous traiterai comme ma petite sœur. Et à la fin, vous y gagnerez même. Vous recevrez une prime dont un frère gratifie rarement sa jeune sœur...

— Pour moi, ce seront des vacances. Réservez donc votre prime à quelqu'un qui la mérite. Je ne veux pas de pourboire pour des services que je n'ai même pas rendus !

Une partie de l'équipe arriva le lendemain. Trois jours après, tout le monde était prêt pour le tournage. Tous logeaient dans un village improvisé, à une dizaine de minutes de la villa de Gus qui, pour les besoins du film, avait été transformée en studio, avec toutes sortes de pièces baptisées bureaux, garde-robe, salle de production, etc. Des sentiers avaient été dégagés, d'autres nouvellement tracés, en prenant bien soin de garder au site son caractère sauvage.

Catherine fut impressionnée par le changement d'ambiance qui marqua le début du tournage. Partout régnait une fiévreuse activité. Si elle avait craint ses tête-à-tête avec Paul, elle avait eu bien tort, car ils n'étaient pour ainsi dire jamais seuls. Toute l'humeur de l'équipe dépendait de lui. Il se levait avant les autres, se couchait très tard, n'arrêtait pas un instant, regrettant sans doute que les journées ne soient pas élastiques. Ignorante de ce que coûtait chaque jour de tournage et du budget limité dont il disposait, elle trouvait qu'il travaillait trop. Comme elle faisait part de ses craintes à Maria, celle-ci lui adressa un large sourire.

— Mais non, il ne va pas craquer, mademoiselle Catherine ! C'est toujours comme ça quand le tournage commence. Le travail, le travail, le travail. Pas question de se distraire. On a toujours l'impression qu'on n'y arrivera jamais. Et pourtant, on y arrive toujours !

Partager le petit déjeuner de Paul étant impossible, car il était beaucoup trop matinal, c'était surtout pendant le déjeuner et le dîner qu'ils se retrouvaient. Le dîner réunissait en général Zora, Jeremy, un des membres de l'équipe, Paul et Catherine, chez Gus. La conversation portait souvent sur un incident ou un épisode de la journée. Catherine qui n'y connaissait rien gardait alors le silence. Mais il arrivait que Paul lui prenne la main et la garde dans la sienne, ou qu'il lui sourie avec une telle tendresse qu'elle en était bouleversée même en sachant qu'il jouait un rôle à l'intention des autres.

Les rapports entre Zora et Jeremy s'étaient nettement dégradés. La rupture était imminente. A moins qu'elle n'ait déjà eu lieu ?

Un jour, Catherine réussit à se procurer un scénario du film et le lut avidement. *Au seuil du paradis* s'achevait sur le retour de chacun des héros dans sa famille. *Retour au paradis* montrait que leurs conjoints respectifs s'étaient consolés en leur absence. Le héros et l'héroïne, croyant chacun que l'autre a retrouvé une vie normale et un foyer, retournent séparément dans l'île où ils ont été si heureux. Le film s'achève sur leurs retrouvailles, une scène pleine de passion, de suspense et de tendresse. Dans leur état d'esprit actuel, Zora et Jeremy arriveraient-ils à se manifester de tels sentiments ? Après tout, la comédie, c'était leur métier.

Paul était-il au courant de cette tiédeur des sentiments de Zora envers Jeremy ? Avait-il remarqué que la belle brune s'intéressait de nouveau à lui et s'efforçait de lui plaire ? Elle avait une façon bien à elle d'avancer les lèvres en une moue qui faisait oublier que sa bouche était bien trop fine pour être sensuelle. Et chaque fois qu'il n'était pas satisfait d'une scène, elle réussissait à prendre un air éploré, pathétique. Paul restait insondable. Il manifestait à son égard une patience infinie et son comportement avec Jeremy était dénué de toute rancune. Ses sentiments personnels n'entraient pas en ligne de compte. Le travail seul importait.

Le déjeuner, contrairement au dîner, se déroulait sans aucun cérémonial. Chaque membre de l'équipe allait chercher son repas emballé dans une boîte et mangeait sur place. Catherine se chargeait de celle de Paul. Tous les matins, elle se renseignait sur le lieu exact du tournage et partait vers telle ou telle partie de l'île.

Quand elle arrivait en avance, nul ne se préoccupait de sa présence. Elle aimait rester ainsi à l'écart, en simple observatrice, fascinée par le savoir-faire de Paul. Il obtenait tout ce qu'il voulait de chacun des acteurs. Chaque scène prenait grâce à lui un relief particulier. Au besoin, il intervenait lui-même et jouait le rôle à la place de l'acteur, pour que celui-ci comprenne bien ce qu'il attendait de lui. Un jour, Catherine venait d'arriver, quand il déclara à Jeremy :

— Non, pas comme ça ! Je vais te montrer ce que je veux...

Il s'agissait d'une scène d'amour avec Zora. Un grand silence plana sur l'équipe. Il y eut des clins d'œil, des sourires. Ce n'est pas drôle du tout, se dit Catherine en le voyant prendre l'actrice dans ses bras. Un éclair de triomphe apparut dans le regard de Zora. Elle avait prémédité son coup, en restant insensible et crispée avec Jeremy.

On aurait dit que même les oiseaux se retenaient de chanter. Le visage de Paul exprimait une profonde émotion, celle d'un homme savourant un moment attendu depuis longtemps. Saisissant les bras de Zora d'un geste possessif, il les glissa autour de sa propre taille, puis il la serra tendrement contre lui. Et il commença à l'embrasser, avec un tel naturel, avec une telle intensité que Catherine détourna les yeux, incapable de supporter plus longtemps une telle démonstration de passion. Elle comprenait mieux à présent ce qu'avait dû ressentir Paul lors du précédent tournage. De toute évidence, Zora lui revenait maintenant. La reprendrait-il ?

Le baiser s'acheva. Les oiseaux se remirent à siffler. L'équipe reprit ses activités. Paul se redressa, aussi calme que si rien ne s'était passé.

— Voilà, Jeremy, déclara-t-il d'un ton très professionnel, quelque chose dans ce genre-là.

Celui-ci s'exécuta.

— Parfait ! On peut s'arrêter un peu pour déjeuner...

Catherine et Paul avaient pris l'habitude de descendre vers la plage, un peu à l'écart des autres, pour manger. Elle avait faim mais elle était trop bouleversée pour avaler quoi que ce soit. Malgré l'accablante chaleur, un grand froid intérieur l'envahissait et elle avait du mal à mettre de l'ordre dans ses pensées. Un pigeon roucoulait non loin d'eux, dans une nature paisible. Elle regarda autour d'elle les palmiers doucement agités par la brise, les splendides casuarinas qui se dressaient très haut vers le ciel, la multitude de fleurs exotiques dont elle ignorait les noms. Tant de sérénité... alors qu'un tel trouble l'agitait. Soudain, Paul, qui s'était allongé pour se détendre, observa :

— Vous avez été parfaite tout à l'heure... Votre air jaloux était très convaincant. Tout le monde l'aura remarqué comme moi...

128

Il la dévisagea, les yeux mi-clos, avant tant de douceur que toutes les fibres de son être furent comme électrisées. Elle n'avait qu'une envie : s'étendre près de lui.

— Vous ne devriez pas manger dans cette position ! gronda-t-elle d'une voix faussement enjouée. Ce n'est pas bon pour vous.

— Ne dépassez pas la mesure... Je n'admets pas qu'une femme me dicte ce qui est bon ou qui n'est pas bon pour moi, même si elle possède cette frimousse de petite chatte...

— Très bien. Après tout, si vous tenez à vous étrangler avec les miettes de votre sandwich, je m'en moque !

Elle essaya de regarder ailleurs mais sans cesse, ses yeux revenaient sur lui. Il était plus que beau, il avait la majesté, la fierté d'un dieu. Il était tout simplement superbe, avec cette chemise qui moulait son torse mince et ce jean couleur sable qui mettait en valeur les muscles de ses longues jambes. Ce Paul-là était très différent de celui qui arrivait tous les soirs au dîner dans une tenue très stricte. Il était en quelque sorte beaucoup plus troublant. Le soleil se jouait dans sa chevelure de pirate. Depuis son arrivée à Coral Bay, il s'était laissé pousser la barbe. Cela lui allait merveilleusement bien, même si elle lui donnait un air encore plus arrogant et diabolique. Catherine l'imaginait très bien en redoutable corsaire des Caraïbes.

— Il faut que je retourne là-bas, dit-il en se levant. Vous venez ?

Pour voir de nouveau Zora dans ses bras ?

— Non, je préfère rester encore un peu ici...

Chassant à grand-peine son inquiétude, elle s'imprégna de la beauté de l'île. Les mille parfums des fleurs de frangipaniers, des orchidées sauvages, des

bougainvilliers, du jasmin et autres fleurs s'entre-
mêlaient comme leurs couleurs vives. Avec les
arbres et les buissons, elles formaient une bordure
luxuriante à la plage de sable immaculé et à la mer
qui scintillait au loin, une mer d'un bleu incomparable.

Oh ! Oui ! Rien ne ressemblait plus à un paradis.
Que lui demandait-on ? Seulement d'être gentille en
public avec un homme extrêmement séduisant. Et
pas n'importe quel homme. Un être exceptionnel,
unique, supérieur... Pourquoi ne pas accepter cette
chance et la savourer pleinement ?

Parce que c'était impossible. Paul occupait toutes
ses pensées, elle ne pouvait s'en défendre. Non
seulement il occupait ses pensées mais aussi son
cœur. Pourquoi avait-elle été assez sotte pour tomber amoureuse de lui ?

Car elle l'aimait. Comment était-ce arrivé ?
Quand ? Tout s'était passé insidieusement. Elle s'en
apercevait alors qu'il était trop tard. Quelle stupidité d'aimer un être inaccessible, quelqu'un dont le
cœur était déjà pris par une autre...

Chapitre dix

Catherine ne doutait pas un instant que Paul fût encore amoureux de Zora. Pour le moment, il savait se garder d'elle mais il finirait bien par triompher de cet orgueil qui l'empêchait de montrer ses vrais sentiments. Peut-être l'orgueil n'était-il pas le seul obstacle ? Il ne voulait pas mêler sa vie privée et son travail. Il attendait que le tournage du film soit terminé.

Bien qu'elle ne connaisse pas grand-chose au cinéma, elle se rendait bien compte que certains problèmes exigeaient toute la concentration d'esprit du metteur en scène. Zora prenait des allures de star et se croyait obligée de jouer les capricieuses. Elle se montrait franchement odieuse avec les membres de l'équipe, réservant ses sourires et son charme à Paul. Avec lui, elle oubliait toute retenue, toute fierté.

Un jour, alors que Catherine se trouvait justement là, Zora dépassa les bornes. Laissant Jeremy en rage, elle se dirigea vers Paul, avec un air de petite fille contrite mais un regard de femme plein de promesses et de sensualité.

— Oh ! Paul ! Je sais bien que je fais tout de travers ! Chéri, je suis si stupide. Je ne mérite pas la patience que tu as pour moi...

— Ce n'est sans doute pas entièrement de ta faute, Zora. Cette scène sonne faux, j'ignore pourquoi. Nous allons essayer de l'améliorer.

131

C'est curieux, se dit Catherine, que ce soit toujours les scènes d'amour qui doivent être retravaillées...

— N'oublie pas ce que je t'ai expliqué, Zora. Ce n'est pas un seul homme que tu es en train de séduire. C'est le public masculin tout entier.

Mais non ! Zora n'avait qu'un seul but. Séduire Paul et personne d'autre... Et ce Paul qui ne semblait s'apercevoir de rien et lui montrait si gentiment — trop gentiment — ce qu'elle devait faire...

— Ton visage sera en gros plan. On intercalera plus tard les mouvements du corps. La mise au point se fera sur tes lèvres et tes yeux. Ne ménage pas les cameramen ! Quand tu verras la sueur couler sur leurs fronts, tu sauras que c'était parfait.

— Comme il sait éveiller les passions d'une femme... ironisa Jeremy, avec une certaine amertume.

Catherine se retourna brusquement. Elle ne l'avait pas entendu approcher.

— Mais vous êtes bien placée pour le savoir... ajouta-t-il.

— En effet.

— Cela ne vous gêne pas de les observer ?

Pauvre Jeremy ! Il avait connu son heure de triomphe lors du tournage de *Au seuil du paradis.* La roue de la chance avait tourné entre-temps et il refusait de l'admettre...

— Paul fait son travail et rien d'autre, répondit-elle.

— Avec beaucoup de gentillesse et d'efficacité, dit-il en ricanant. Zora est d'une docilité !... Les cameramen ne seront pas les seuls à passer un moment difficile. Mais les pauvres diables n'auront personne pour recevoir leur trop-plein de passion.

Vous n'avez pas intérêt à prétexter une migraine ce soir...

— Je n'ai jamais la migraine, déclara Catherine d'un ton sec, en le regardant droit dans les yeux.

— Une chance pour quelqu'un que je ne nommerai pas...

— Tu ferais mieux de retourner sur le plateau ! coupa Paul, en s'approchant de lui.

— Ne hurle pas comme ça ! Je pensais simplement que Catherine avait besoin de compagnie. Elle doit se sentir un peu négligée, non ?

— Merci de ta sollicitude mais elle est superflue. Catherine sait exactement à quoi s'en tenir en ce qui me concerne.

Il avait raison. Elle regarda Jeremy s'éloigner. A sa grande surprise, Paul resta encore un instant auprès d'elle.

— J'espère qu'il ne s'est pas montré grossier avec vous ?

— Non.

— Très bien.

Il se pencha vers elle et lui effleura légèrement les lèvres, puis l'embrassa avec force, éveillant en elle un long frémissement, une envie de rejeter la tête en arrière, de lui glisser les bras autour du cou. Elle aurait cédé à cette impulsion s'il n'avait pas mis fin à leur baiser.

Ce baiser, la jalousie qui perçait dans son regard et dans sa voix, la remplirent d'émotion. Etait-il possible que... Mais non ! Elle rêvait ! Il avait seulement joué la comédie pour les autres. Il ne manquait jamais une occasion de leur rappeler qu'ils étaient, elle et lui, intimement liés.

Ce soir-là, au dîner, il fut particulièrement démonstratif. Il ne la regardait pas, il la dévorait des yeux.

— Allons faire un tour, proposa-t-il.

Elle accepta d'un signe de tête. L'atmosphère était si tendue à table qu'elle fut contente d'y échapper. Zora et Jeremy s'étaient de toute évidence querellés et Gus ne cessait de se plaindre des coûts toujours plus élevés de la production des films.

Paul la prit par la main et ils s'éloignèrent de la maison. Quand elle disparut de leur champ de vision, ils s'arrêtèrent. Il lui releva doucement le menton.

— Vous êtes très belle, Catherine. Cette promesse que j'ai été assez fou pour vous faire... vous savez ?... de vous traiter comme une petite sœur quand nous serions seuls...

— Oui ?

— Eh bien... je vais être honnête avec vous : elle est très difficile à tenir.

Et sans un mot de plus, il se pencha sur elle et s'empara de sa bouche, tandis qu'elle lui jetait les bras autour du cou, laissant ses doigts se perdre dans son épaisse chevelure.

La réflexion de Jeremy lui revint en mémoire. Paul avait sans doute été très excité par cette scène d'amour avec Zora. Il avait besoin de quelqu'un pour retrouver son équilibre, pour se libérer de cette tension. Et elle, elle était là, heureuse d'être celle qui lui apportait cet apaisement.

Fallait-il avoir honte ? Tant pis si demain elle regrettait ce manque de fierté. Ce soir, il avait besoin d'une femme, elle avait envie de lui.

Elle ne chercha pas à résister à ses lèvres toujours plus exigeantes et entrouvrit les siennes, en se pressant contre lui pour mieux mouler son corps au sien, en une invitation sans équivoque, presque impudique et fervente. Sa robe était assez décolle-

134

tée. Il écarta sans peine la délicate dentelle de son soutien-gorge. Au contact de ses doigts fiévreux sur la pointe de son sein, elle gémit de plaisir.

— Rentrons, murmura-t-il à son oreille.

— Oui, répondit-elle dans un souffle.

Elle savait que c'était de sa chambre qu'il parlait et non du salon où se trouvaient encore les autres. Elle l'acceptait. Il l'embrassa sauvagement, avant de l'entraîner vers la maison. Pourtant, arrivé à sa porte, il s'arrêta. Comme elle l'interrogeait du regard, il sourit gravement.

— C'est dans ma nature... Une fois encore, je vous laisse un délai de réflexion, Catherine. Je ne veux pas que vous le regrettiez ensuite. Réfléchissez bien. Et si vous le désirez toujours, ma porte sera ouverte...

Il continua jusqu'à sa chambre, tandis qu'elle entrait dans la sienne et restait prostrée dans l'obscurité.

Sur le moment, dans ses bras, la décision n'avait pas été difficile à prendre. Mais comme cela, à froid, tout semblait différent. Elle se rendait bien compte qu'elle commettait une bêtise, qu'elle se ravalait au rang d'un simple objet utilitaire. S'il l'avait aimée, elle n'aurait eu aucune hésitation. Mais d'un autre côté, pouvait-elle le laisser attendre en vain ? Non, elle ne pourrait pas dormir tant qu'elle ne se serait pas expliquée. De toutes les façons, elle était encore habillée. Il ne pouvait se méprendre sur ses intentions.

Elle sortit aussitôt sur le balcon, se dirigea vers la chambre de Paul et poussa la porte. Il n'était pas seul !

— Oh ! Excusez-moi ! bafouilla-t-elle, le cœur battant à la vue de Zora.

— Entrez donc, Catherine... Zora a un petit problème à éclaircir au sujet de la scène de demain.

— Je vais vous laisser discuter, fit-elle d'un ton
indifférent.

— Comme vous voudrez...

Il s'approcha d'elle et l'embrassa sur les lèvres.

— Nous n'en avons pas pour longtemps, murmura-t-il. C'est promis.

— Vous n'avez pas de promesse à me faire.
Prenez tout votre temps... Toute la nuit même si
vous voulez !

Et elle s'enfuit, la tête haute.

Dans sa chambre, elle ferma la porte du balcon à
clé. Il ne pourrait pas entrer ! Il y avait d'ailleurs
peu de chances qu'il essaie. Il n'avait plus besoin
d'elle. Il avait Zora, en chair et en os. Elle se
déshabilla et se coucha en passant sa rage sur
l'oreiller et en se frottant la bouche comme pour
enlever toute trace de son baiser.

La porte de Paul claqua. Quelques bruits de pas
sur le balcon. Le son caractéristique d'une poignée
que l'on tourne. Elle retint son souffle.

— Catherine ! Ouvrez ! Ce n'est pas ce que vous
croyez !

— Non ! répondit-elle. Je venais seulement vous
dire que j'avais changé d'avis. Allez-vous-en !

Le lendemain, quand ils se revirent, ni l'un ni
l'autre ne fit allusion à l'incident.

La tension avait atteint un degré presque insupportable. Zora reprochait à Paul d'être trop sévère
avec elle. Elle menaçait de déchirer son contrat et
de rentrer chez elle. Elle se fâchait avec tout le
monde. La maquilleuse ne lui parlait plus, la fille
qui lui donnait la réplique ne lui adressait la parole
que lorsqu'elle ne pouvait faire autrement. Quant à

la doublure de Zora, Joanna, elle avait préféré faire ses bagages et partir, malgré les lourdes conséquences de cette rupture de contrat.

Catherine ne savait pas exactement quelle était l'importance de Joanna mais elle comprit que son départ préoccupait beaucoup Paul.

— Je ne peux pas faire surgir une autre fille comme ça, comme par magie ! l'entendit-elle déclarer. Comment justifier les frais supplémentaires que coûterait chaque journée d'attente jusqu'à l'arrivée d'une nouvelle doublure ? Il faut trouver une solution !

Ils étaient tous les trois — Gus, Paul et Catherine — au bord de la piscine. Le travail de la journée était terminé. Les deux hommes prenaient l'apéritif et Catherine venait juste de nager un peu. Comme elle n'avait pas emporté de serviette, elle avait décidé de rester dehors pour se sécher.

— Zora a-t-elle vraiment besoin d'une doublure ? demanda-t-elle naïvement. Ne peut-elle, dans un cas aussi urgent, se doubler elle-même ?

Cela paraissait logique mais Paul semblait d'un tout autre avis. Il lui jeta un regard courroucé et ne daigna même pas répondre. L'air furieux, il déposa brusquement son verre et disparut.

— Mais qu'est-ce qu'il lui prend ?

— C'est comme pour nous tous, expliqua Gus. C'est un travail très dur sous un climat trop chaud, avec un groupe restreint de personnes. Tout le monde attend de lui des miracles. Même moi. Ce qu'il aurait fallu maintenant, c'est quelques jours de tournage sans interruption, sans drame, et voilà ce qui arrive ! De plus, les prévisions météorologiques sont plutôt pessimistes. Attendre une autre fille, même une demi-journée seulement, serait peut-être catastrophique... Paul est surmené.

— Je sais. Je n'aurais jamais pensé que la réalisation d'un film demandait autant de travail. Mais pour en revenir à Zora, je ne vois toujours pas pourquoi elle ne se doublerait pas elle-même ?

— Question d'assurance...

Catherine pensa qu'il faisait allusion aux risques que certaines vedettes n'ont pas le droit de courir. Celles qui se doublent elles-mêmes dans les scènes dangereuses doivent payer de très fortes primes d'assurance. On utilisait donc des cascadeurs le plus souvent possible.

— Je n'avais pas l'impression que ce film comportait des scènes très dangereuses, observa Catherine.

— Oh ! si. Certaines sont très osées.

En vérité, Gus parlait d'une autre assurance. Il était évident que peu de spectateurs accepteraient de payer pour voir en gros plan le corps assez quelconque de Zora. Zora était une vedette très cotée parce que sa silhouette lui venait d'un habillement très étudié. Déshabillée, elle perdait tout attrait, d'où la nécessité d'une doublure aux mensurations idéales.

C'est ainsi que naquit le malentendu.

— Il y a certainement quelqu'un ici qui pourrait...

Gus parcourut du regard le corps de Catherine, si bien proportionné.

— Oui, dit-il. Il y a une fille ici qui conviendrait parfaitement...

— Alors, pourquoi ne le lui demandez-vous pas ? Paul est très estimé de l'équipe. Je ne crois pas que quelqu'un refuserait de lui rendre ce service.

— Vous croyez ?

— J'en suis sûre !

— Très bien. Alors, je vous le demande à vous.

138

— A moi ? Mais... je ne sais pas jouer la comédie !

— Vous n'en avez pas besoin. Vous avez confiance en Paul, n'est-ce pas ? Il vous indiquera tout ce que vous aurez à faire. Je vous préviens cependant que votre nom ne figurera nulle part. Votre visage sera toujours pris dans l'obscurité, celui de Zora viendra en surimpression. Mais vous toucherez un très important cachet.

— Ce n'est pas l'argent qui m'intéresse, ni même la gloire. Je veux aider Paul, c'est tout, si vous pensez que je suis assez bonne pour cela.

— Assez bonne ! s'exclama Gus. Joanna a été sélectionnée parmi un groupe de filles qui auraient toutes pu remplir ce rôle. Mais si vous aviez été sa concurrente, elle n'aurait eu aucune chance !

— Vous êtes trop gentil, dit Catherine en souriant.

Elle le quitta avec l'impression d'être Jeanne d'Arc sauvant la France. Mais plus tard, dans sa chambre, un doute l'envahit. Elle ne pouvait s'expliquer son malaise. Paul serait sûrement content de sa coopération. Elle avait mauvaise conscience de rester inactive alors que tout le monde avait tant de travail. Elle lui avait même demandé de lui confier quelques petites tâches administratives. Elle avait ainsi tapé à la machine les listes d'appel, les instructions données tous les soirs aux techniciens et aux acteurs pour le lendemain. Malgré cela, les loisirs ne lui manquaient pas ! Pourtant, avant d'accepter la proposition de Gus, n'aurait-elle pas mieux fait d'en parler à Paul ?

La réponse lui fut donnée le soir même. Paul entra comme un bolide dans sa chambre, sans même frapper. Heureusement qu'elle était habillée... d'un peu de lingerie. Elle venait juste de prendre sa douche. Gênée, elle saisit son caftan et l'enfila rapidement.

— De la pudeur ? ironisa-t-il. Après ce que je viens d'apprendre par Gus ?

— Vous faites sans doute allusion au fait que j'ai accepté de remplacer Joanna et d'être la doublure de Zora ?

— C'est cela même.

— Je ne comprends pas pourquoi cette nouvelle vous met dans un état pareil...

— Ah ! vraiment ?

— Vous trouvez probablement que c'est présomptueux de ma part de croire que je suis assez bonne pour le faire. Mais Gus m'a assuré que tout irait bien.

— Gus a raison. J'ai sur lui un léger avantage et je suis mieux placé que lui pour donner un avis.

— Gus disait que je n'aurais rien à faire, sinon suivre vos instructions.

— Eh bien, nous allons procéder tout de suite à un essai. D'accord ?

— Certainement.

— Alors, qu'attendez-vous ?

— Que vous me disiez ce que je dois faire..., répondit-elle un peu agacée.

— Pour commencer, vous n'avez même pas besoin de mes instructions. C'est tellement évident : déshabillez-vous !

— Enlever ce caftan ? demanda-t-elle, embarrassée.

— Enlevez tout !

— Paul... vous plaisantez ?

— Comment voulez-vous que je vous dirige, si vous n'êtes même pas capable de suivre un ordre aussi simple. J'ai dit tout !

— Je... je ne peux pas...

140

— Voulez-vous dire que vous préférez attendre d'être en présence de Jeremy et des cameramen pour vous mettre nue ? Espèce de petite sotte ! Votre cervelle d'oiseau n'a donc pas compris que vous avez accepté de jouer les scènes nues ?

— Oh ! non ! Je vous jure que non !

— Qu'avez-vous donc cru ?

— Gus parlait d'une question d'assurance...

— D'assurance de recettes. Zora a du talent et du chic mais, déshabillée, elle est beaucoup trop maigre. Elle perd son image de symbole sexuel.

— Je n'ai jamais pensé à quelque chose de ce genre. J'avais entendu parler des cascadeurs qui doublent les vedettes quand les scènes sont trop dangereuses. Et je savais que vous ne m'exposeriez pas à de trop grands risques et... et...

Elle avala sa salive avec peine et demanda, l'air misérable :

— Pouvez-vous me sortir de là ?

— Vous mériteriez que je dise non ! Mais rassurez-vous, c'est fait. Estimez-vous heureuse... J'ai eu un accrochage assez sérieux avec Gus qui s'est permis de conclure cet arrangement derrière mon dos. Et je lui ai dit que je refusais catégoriquement votre décision.

— Oh ! Merci, Paul ! soupira-t-elle, soulagée.

— Et à l'avenir, soyez moins impulsive !

— Cela ne se reproduira plus, croyez-moi !

— Laissez-moi rire ! La prochaine fois, ce sera autre chose. Vous ne ratez pas une occasion ! Un de ces jours, vous allez vous mettre dans une situation impossible et je ne serai pas là pour vous sortir du pétrin...

— Je suis désolée, Paul, désolée d'être aussi encombrante...

— Ah! non! Par pitié! Pas de larmes! Il ne manquerait plus que cela...

— Je ne pleure pas, balbutia-t-elle en retenant à grand-peine ses sanglots.

— Allez! Ce n'est pas la fin du monde... Faites-moi un sourire.

Mais cette douceur, après son explosion de colère, ne fit qu'accroître son envie de pleurer. Elle baissa le nez. Il lui releva le visage.

— Mon Dieu, soupira-t-il, que vais-je faire de vous, pauvre petite chatte?

Ils se regardèrent et soudain, il la prit dans ses bras, l'embrassa avec passion.

Elle se raidit d'abord mais très vite elle s'abandonna à sa fièvre. Ne serait-ce que par fierté, elle aurait dû opposer un semblant de résistance. Mais elle en était incapable. Son sang coulait furieusement dans ses veines tandis qu'il lui caressait le dos, les cheveux, la nuque. Ses doigts sur ses épaules la grisaient et des ondes délicieuses de plaisir l'envahirent quand ils s'attardèrent sur sa poitrine haletante. Puis, les mains sur ses reins, il la plaqua contre lui. Elle s'attendait à ce qu'il la déshabille et assouvisse leur désir sauvage. Mais il n'en fit rien. Le cœur battant, elle le vit au contraire s'éloigner d'elle.

Le jade de ses yeux étincelait. Son regard reflétait à la fois du désir et de la colère. Les muscles de la mâchoire tendus, il s'écria d'un ton exaspéré :

— Catherine, Catherine, s'approcher de vous, c'est marcher sur les bords d'un volcan. Il suffit d'un pas imprudent pour tomber dans un brasier... Je serai vraiment content quand cette situation aura pris fin...

Sur ces mots, il disparut et c'est en larmes qu'elle entreprit de se vêtir pour le dîner.

Elle avait terminé de se maquiller et se brossait longuement les cheveux quand Maria entra pour préparer son lit. Catherine avait bien essayé de lui faire comprendre qu'elle n'avait besoin de personne pour s'occuper de son lit, de sa chambre ou de ses affaires mais peine perdue. Elle avait d'ailleurs l'impression que Maria surgissait toujours à cette heure-là, avant le dîner, pour jeter un coup d'œil admiratif ou critique sur sa toilette.

— Quelle jolie brosse, mademoiselle Catherine ! Une jolie brosse pour de jolis cheveux... mais où est votre joli sourire, mon cœur ? Vous vous êtes encore disputée avec monsieur Paul, n'est-ce pas ?

— Je suis trop impulsive, Maria. Je me fourre dans des situations impossibles. Il en a assez. Je suis un boulet dont il voudrait bien se débarrasser...

— Qui vous a raconté de pareilles sottises ?

— Paul lui-même. Il m'a dit qu'il sera vraiment content quand il ne m'aura plus...

— Il dit n'importe quoi ! C'est un homme et les hommes ont quelquefois un grand vide à la place du cerveau !

— Non ! Maria, vous voulez me faire dire du mal de lui. Et si jamais par malheur j'osais prononcer un mot contre lui, vous m'assommeriez parce que personne n'a le droit de dire quoi que ce soit contre votre cher monsieur Paul !

— Sauf moi, répliqua Maria en riant. Ma chérie, ce n'est pas vrai qu'il veut vous voir partir. Il vous aime, j'en suis sûre. Mais peut-être qu'il ne le sait pas encore lui-même.

— Ce n'est pas vrai. Ecoutez, c'est un secret mais à vous je sais que je peux le confier : je ne suis pas son amie. Je ne suis pas sa maîtresse. Il s'agit seulement de le faire croire aux autres. Pour éviter tous les commérages du...

— Mais je le sais ! s'exclama Maria. Comme je sais un tas de choses que personne ne m'a confiées. Peut-être que c'est pour cette raison qu'il a voulu vous avoir ici. Mais au début seulement. Ce n'est plus une raison maintenant que cette Zora lui court après.

— Elle veut le reprendre.

— Elle peut attendre longtemps !

— Si seulement vous pouviez avoir raison, Maria ! Mais Zora est si jolie. Comment voulez-vous que Paul lui résiste ?

— Il lui résiste bien en ce moment, non ?

— Parce qu'il travaille comme un fou et n'a pas le temps, c'est tout. Quand le film sera terminé, il lui reviendra, vous verrez !

— Non, mademoiselle Catherine. Vous vous trompez. Il ne peut pas s'attacher à une fille comme elle quand il n'a qu'un geste à faire pour avoir une adorable jeune fille comme vous. Il serait tellement bien avec vous, mademoiselle Catherine...

Descendue un peu trop tôt, Catherine décida de faire un tour dans le jardin avant l'apéritif. Sans réfléchir, elle traversa le jardin et s'engagea dans le sentier qui menait au lagon. Depuis que Paul lui avait fait découvrir la beauté du couchant, sur son balcon, à New Providence, elle restait certes fascinée par la beauté de ce spectacle mais jamais encore elle n'avait eu l'occasion d'admirer le coucher du soleil sur le lagon.

Elle demeura un instant pensive au bord de l'eau et eut soudain conscience d'une présence. Elle se retourna.

— Bonsoir, Paul...

— C'est de la transmission de pensée... observat-il.

144

— Oui, sans doute.

— Je crois que j'ai résolu le problème de la doublure !

— Vraiment ?

— J'ai envoyé Jock chez Joanna avec un message lui demandant de revenir.

— Vous croyez qu'elle acceptera ?

— Oh ! oui. Je lui ai proposé des conditions qu'elle ne peut refuser. Des excuses publiques de Zora et un dîner en ville, en tête à tête avec moi, après le tournage. Bien entendu, c'est l'idée de dîner avec moi qui sera l'argument décisif...

— Je n'en doute pas, dit-elle en souriant de son arrogance. Et comment allez-vous décider Zora à lui faire des excuses publiques ?

— Je lui ai également présenté des arguments... disons... convaincants.

— Ah ?

— Si elle ne s'exécute pas, je lui tords le cou... Voilà !

Son rire avait une nuance de tristesse imperceptible. Elle se demanda ce qu'il avait vraiment proposé à l'actrice pour la convaincre.

Le soleil descendait vers l'horizon. De grandes taches de bleu rosé, de rouge sombre et de pourpre envahissaient le ciel au milieu des nuages. Elle soupira de contentement. Jamais elle ne se lasserait de contempler la splendeur des couchers de soleil tropicaux. Sans se concerter, ils restèrent tous deux immobiles et silencieux, face aux derniers reflets du couchant. Le chant d'un oiseau s'éleva doucement dans la nuit naissante ; le lagon se teinta de pourpre et d'argent.

La brise avait ramené quelques mèches sur son visage. Elle tressaillit quand il les écarta en lui effleurant les lèvres. Mais le baiser qu'elle attendait ne vint pas.

Maria s'était trompée. Si Paul éprouvait vraiment quelque chose pour elle, il n'aurait pu s'empêcher de la prendre dans ses bras et de l'étreindre à en perdre le souffle. Dans ce lieu d'une beauté aussi enchanteresse, comment aurait-il pu résister ? La nature autour d'eux, avec ses parfums envoûtants et le bruit obsédant du ressac sur les récifs, se faisait complice. La gorge de Catherine se serra. Elle ressentait un douloureux besoin de Paul... elle avait envie de lui... envie qu'il lui fasse l'amour. Sa présence toute proche devenait un supplice, tellement elle désirait être à lui.

Maintenant, pensa-t-elle, je sais que l'endroit le plus beau du monde n'est pas le paradis. Le paradis n'est pas un lieu précis. C'est un état d'âme. C'est l'amour de deux êtres. Si un seul des deux aime, le plus bel endroit du monde est un enfer.

Chacun se préparait à rentrer au pays. Le tournage était terminé. Paul serait le dernier à partir, à une date indéterminée, quand il aurait tout réglé. Le départ de Catherine devait s'effectuer avec les autres. On ne l'avait même pas consultée. Il est vraiment pressé de se débarrasser de moi, se dit-elle avec amertume. Qu'à cela ne tienne ! Elle partirait et espérait bien ne jamais le revoir.

La seule personne qu'elle regrettait de quitter était Maria dont elle s'était fait une amie. Elle aurait aimé lui offrir un cadeau, une marque d'affection pour la remercier de sa compagnie et de ses conseils. Son regard se posa soudain sur sa brosse et son peigne en ivoire que Maria avait tant admirés.

— Tenez, Maria, dit-elle spontanément. En souvenir de moi.

146

— Mais, mademoiselle Catherine, c'est votre mère qui vous les a donnés !

— Ma mère vous aurait sûrement appréciée, Maria. Je sais qu'elle aurait compris et qu'elle m'aurait approuvée.

— Que Dieu vous bénisse, mon enfant !

Bien qu'un des membres de l'équipe ait promis de veiller paternellement sur Catherine, Paul avait tenu à venir à l'aéroport, malgré son extrême fatigue.

Elle aurait voulu lui dire qu'il travaillait trop, qu'il devait manger régulièrement et se coucher à des heures raisonnables. Mon chéri, prenez soin de vous, pensa-t-elle. Mais elle se contenta de déclarer à haute voix :

— Je déteste les adieux !

— Ce ne sera pas pour longtemps, cette fois. Je vous reverrai... disons... dans quatre jours...

Si seulement il disait vrai ! Si seulement il ne cherchait pas à sauver la face devant les autres qui s'étaient écartés pour les laisser seuls mais qui pouvaient encore les entendre et les voir.

— Croyez-vous être capable de dominer votre impulsive nature et ne pas faire de bêtises jusque-là ?

— Je... j'essaierai, murmura-t-elle, la gorge serrée.

— Donnez-moi le numéro de téléphone de Pussy. Je vais la prévenir de votre arrivée... Je serai plus tranquille de savoir qu'on vient vous chercher...

Pourvu qu'il m'embrasse ! Même si ce n'est que pour la galerie... pria-t-elle. Et il l'embrassa mais avec une violence à laquelle elle ne s'attendait pas du tout. Son baiser semblait destiné à chaque parcelle d'elle-même. Il était à la fois plein de

147

ferveur, de tendresse et de passion. Oh! Si seulement il avait été sincère...

Le visage ruisselant de larmes qu'elle ne cherchait même pas à cacher, Catherine monta dans l'avion comme un automate.

— On aurait dit qu'il ne pouvait plus s'arracher à vous, remarqua le cameraman qui devait veiller sur elle. Et vous étiez comme lui. Vous deux, vous avez quelque chose de bon en vous...

Oui, pensa-t-elle, de bons dons de comédien... du moins en ce qui concerne Paul.

Paul avait dû joindre Pussy car celle-ci était à l'aéroport et lui adressait de grands signes. Une fois les formalités accomplies, elles se jetèrent dans les bras l'une de l'autre, en larmes. Mais cette fois, c'étaient des larmes de joie.

— Quel bronzage! s'exclama Pussy. Mais je dois dire que c'est tout ce que je te trouve de bien. As-tu assez dormi là-bas? Tu as l'air hagard et angoissé. Il va falloir que je m'occupe de toi! Tu me raconteras tout ce qui t'est arrivé! Mais tant pis si je suis égoïste en parlant de moi d'abord. Je n'y tiens plus! Il faut que je t'annonce la grande nouvelle: je me remarie!

— Oh! Pussy, c'est merveilleux! Quand?

— Pas tout de suite. Dans six mois environ. Je tiens à respecter le délai... pour la mémoire de Ray...

— Il n'aimerait sûrement pas que tu sois une veuve inconsolable, Pussy. Il serait sans doute aussi heureux que moi. Et qui est l'heureux élu? Je le connais?

— Tu aurais dû mais tu ne le connais pas. C'est Lucky Chance, l'écrivain avec lequel tu devais partir travailler...

— Tu es au courant du malentendu? Je suis bête! Si tu as rencontré l'écrivain et si tu le connais assez

148

pour décider de l'épouser, tu es certainement au courant ! Eh oui, ce n'est pas le bon que j'ai rencontré chez Louise !

— Le bon, tu me l'as laissé !

Qu'allait-elle faire à présent ? Si Pussy épousait Lucky Chance, elle n'aurait plus besoin de l'*Agence Pussy Cat*. Pour Catherine, la disparition de l'agence ne représentait pas une grande perte. Ce n'était pas cela qu'elle regrettait.

Les trois jours suivants, elle se répéta que Paul ne chercherait pas à la revoir. Pourquoi d'ailleurs le ferait-il ? Elle avait perdu toute utilité. Il avait pris congé de Zora et de toute l'équipe et s'il avait l'intention de reprendre ses relations avec Zora, elle ne pourrait que le gêner. Mais quand, le troisième jour, le téléphone sonna et que la voix de Paul résonna, accélérant brusquement le rythme de ses battements de cœur, elle sut qu'elle n'avait vécu que dans l'attente de ce moment.

— Je viens d'arriver. On déjeune ensemble ?

— Où ?

Il lui donna un nom qu'il semblait avoir pris au hasard. Il paraissait tendu.

— Je serai là-bas dans une demi-heure, promit-elle.

En reposant le combiné, elle s'en voulut de sa précipitation. Une demi-heure ! Elle aurait dû demander deux heures, afin de pouvoir soigner sa tenue, se maquiller soigneusement, bref se faire belle. Au lieu de cela, elle enfila vite une robe.

— Mais je t'assure que tu es très bien comme ça ! lui assura Pussy. Ne t'inquiète pas. J'ai entre-temps appelé un taxi. Il ne va pas tarder à arriver. Tiens, prends cette veste ! Tu as besoin de te réhabituer à notre climat...

Pussy n'était au courant de rien. Elle était certainement dévorée de curiosité mais elle s'était abstenue de toute question indiscrète depuis le retour de Catherine.

Quand celle-ci entra dans le restaurant, Paul était déjà installé à une table. Il se leva pour lui avancer sa chaise. Il était temps. Elle ne tenait plus debout.

— Hello, petite chatte...

Il avait rasé sa barbe et son visage accusait une lassitude extrême, comme s'il ne s'était pas couché depuis une semaine. Catherine sentit son cœur fondre devant lui.

— Excusez-moi de vous avoir invitée dans un endroit aussi épouvantable. J'en connais beaucoup d'autres mais sur le moment, c'est le seul dont le nom me soit venu à l'esprit.

Le restaurant n'avait en effet rien d'exceptionnel, il était sombre, le service quelconque et très lent. Mais qu'importait ! Tout lui semblait beau, parce qu'elle était avec Paul.

— Je vous rapporte votre bien, dit-il en déposant devant elle une longue boîte. Cela vous a peut-être manqué ?

— J'ai oublié quelque chose ? Je ne m'en suis pas aperçue.

— Votre brosse et votre peigne en ivoire. Maria les a trouvés après votre départ et m'a demandé de vous les rapporter. Comme elle les avait souvent admirés devant vous, elle ne voudrait pas que vous pensiez qu'elle les a volés.

C'était cousu de fil blanc. Maria avait voulu provoquer ainsi une rencontre entre Paul et elle. Quelle déception ! Elle avait cru un moment que Paul était venu de sa propre initiative pour lui avouer qu'il ne pouvait vivre sans elle. Elle en aurait pleuré. Maria aurait mieux fait de s'abstenir. Le merveilleux espoir soulevé par le coup de téléphone de Paul était réduit à néant. Comment pourrait-elle à présent rester assise comme ça, à bavarder de tout et de rien, sans lui montrer qu'elle était follement, éperdument amoureuse de lui ?

— Je suis désolée de vous avoir obligé à vous déranger. En vérité, j'avais l'intention de les offrir à Maria. Il faudra que je les lui renvoie.

— Cela ne m'a pas dérangé du tout. Je comptais venir vous voir de toutes les façons.

— Vous...

— Ne vous l'avais-je pas dit à l'aéroport ?

— Je croyais que c'était pour les autres.

— Et notre baiser, c'était pour qui ?

— Je croyais aussi que c'était pour sauver les apparences.

— Je n'ai jamais attaché d'importance à ce que les autres pensaient ou disaient.

— Mais... vous m'avez demandé de rester avec vous pour éviter de nouveaux ragots désagréables...

— Il fallait bien que je trouve un prétexte pour vous garder avec moi. Je reconnais qu'à l'origine, je voulais que vous restiez pour ménager mon amour-propre. Et puis tout a changé et j'ai seulement souhaité vous avoir près de moi. Vous vous souvenez de ce fameux soir où nous avons éclairci notre malentendu ? Jamais je n'oublierai tout ce qu'exprimait votre visage — choc, horreur, indignation. Vous étiez bien capable de rentrer immédiatement chez vous comme vous l'annonciez. Je n'ai pas voulu courir ce risque. Pendant le tournage qui me bloquait là-bas, vous auriez pu rencontrer ici quelqu'un d'autre. Malheureusement, j'avais une tâche très absorbante à accomplir. Je ne pouvais pas laisser tout tomber pour vous faire une cour empressée...

— Mais pourquoi le vouliez-vous ?

— Vous ne devinez pas ?

— On m'a bien recommandé de ne pas être impulsive, afin de ne pas m'attirer d'ennuis. Alors j'évite les conclusions hâtives.

— Comme c'est moi qui vous l'ai recommandé, je ne peux protester. La vérité est que j'avais de bons atouts au départ et que je les ai gâchés en tombant amoureux de vous.

— Vous... quoi ?

— Je suis tombé amoureux de vous.

— Et c'est ce qui a tout gâché ?

— En un certain sens, oui. La situation était insupportable. J'étais follement attiré par vous dès le début mais quand je me suis aperçu, ou que j'ai cru, que vous étiez tellement intéressée, j'ai lutté contre cette attirance. Pourtant, je vous désirais comme je n'avais encore jamais désiré une autre femme dans ma vie. Et puis j'ai découvert l'erreur. Vous représentiez en réalité tout ce que j'avais toujours rêvé de trouver en une femme. Mais vous deveniez intouchable. Surtout après cette stupide promesse que je vous avais faite de vous traiter fraternellement en privé.

— Une promesse que vous n'avez pas tenue !

— Oui. J'en ai honte. Mais après avoir donné aux autres l'impression que nous étions intimement liés, il était très difficile de changer d'attitude quand nous étions seuls. C'est quand nous étions devant les autres que j'étais en réalité sincère.

Il s'interrompit pour passer la commande. Quand le garçon s'éloigna, il reprit :

— Vous ne pouvez pas savoir comme il m'a été difficile de ne pas entrer dans votre chambre, ce soir-là, de vous laisser un délai de réflexion. Pauvre petite chatte ! Vous ne saviez même pas où vous en étiez. J'aurais dû veiller sur vous et non vous embarrasser encore plus. J'aurais dû ne pas me laisser emporter par...

— Vous n'êtes pas le seul coupable, Paul. Nous avons perdu la tête tous les deux. Mais quand je suis venue dans votre chambre, j'avais vraiment l'intention de vous annoncer mon refus. J'avais cru que la répétition de la scène d'amour avec Zora, le matin même, vous avait rendu nerveux et que vous vouliez seulement calmer cette ardeur avec moi. Aussi quand j'ai vu Zora dans votre chambre, j'ai compris que vous n'aviez plus besoin de moi.

— Vous ne pouvez vous imaginer à quel point je souhaitais être débarrassé d'elle ! Mais il fallait terminer ce film dont elle était l'héroïne. Il fallait la ménager. Je ne comprends pas ce qui a pu me plaire en elle. Jamais je ne suis resté des nuits entières en songeant à elle et en la désirant comme ce fut le cas pour vous. Jamais je ne l'ai désirée comme un désespéré... Certaines fois... Tenez, la dernière fois que nous avons contemplé ensemble le coucher de soleil. Vous ne l'avez sans doute pas remarqué mais je vous désirais tellement que je n'osais pas vous toucher.

— Je sais, murmura-t-elle.

— Catherine, je voudrais vous proposer de repartir à zéro. Pensez-vous que vous pourrez oublier ce mauvais début ? Acceptez-vous de me donner une nouvelle chance ? Laissez-moi le temps de vous prouver à quel point je vous aime. Est-ce trop espérer ? Et qui sait ? peut-être finirez-vous par m'aimer vous aussi ?

— Mais je vous aime déjà, Paul ! Et j'espère, moi, que vous n'allez pas devenir trop parfait, parce que je vous aime tel que vous êtes. Je supporterais mal que vous changiez complètement.

— Vous voulez dire que nous n'avons pas besoin

d'attendre ? Que nous pouvons nous marier tout de suite ?

— Oh ! Paul, j'avais raison de penser que le paradis n'est pas un lieu précis. Il est partout... Il peut être n'importe où... même ici.

Les mots de Paul flottaient dans sa tête comme autant d'étoiles scintillantes qui illuminaient cette triste et froide journée. Jamais elle n'oublierait ce jour ni cet endroit. Son rire léger résonna dans la salle.

— Que dis-je ? Ce n'est pas *même ici* mais tout spécialement ici. Lorsque je suis entrée tout à l'heure, cela m'a fait mal de vous voir si fatigué. J'avais l'impression que vous n'aviez pas dormi depuis huit jours et que vous aviez grandement besoin d'aller au lit. Puis-je venir avec vous ?

— Je suppose que c'est votre réponse à ma demande en mariage ? Ce n'est pas tout à fait la formule traditionnelle... mais cela vous ressemble bien !

Il sortit quelques billets de son portefeuille et les jeta sur la table pour régler le repas qu'ils avaient commandé et qui n'avait toujours pas été servi.

— Partons d'ici ! C'est drôle comme je me sens fatigué tout à coup...

Vous avez aimé ce livre de la *Série Romance*.

Mais savez-vous que Duo publie pour vous chaque mois deux autres séries?

Désir vous offre la séduction, la jalousie, la tendresse, la passion, l'inoubliable...
Désir vous entraîne dans un monde de sensualité où rien n'est ordinaire.

Série Désir : 6 nouveaux titres par mois.

Harmonie, ce sont des romans plus longs, riches en détails pittoresques, en aventures merveilleuses...
Harmonie, ce sont 224 pages de réalisme et de rêve, pour faire durer votre plaisir.

Série Harmonie : 4 nouveaux titres par mois.

Série Romance : 6 nouveaux titres par mois.

Série Romance

183　　　**MIA MAXAM**
La course à l'amour

Folle Christina qui se fait passer pour un garçon
parce que l'arrogant Scott Kirkner
l'a traitée de haut.
De mensonge en mensonge, la voilà entraînée
dans un double jeu d'autant plus risqué que Scott
ne lui est pas indifférent, loin de là...

184　　　**LINDA WISDOM**
Les illusions de la nuit

Samantha s'est juré de ne plus jamais se laisser
prendre au piège de l'amour. Serment facile
à tenir jusqu'au jour où elle rencontre
de nouveau le séduisant Mike Trent, l'homme
qui autrefois lui a volé son cœur.

185 **RENA McKAY**
La vallée des cœurs brisés

A peine arrivée au ranch des Chandler, Vickie
regrette la mission dont elle s'est imprudemment
chargée. Elle se désespère. Si elle respecte
la promesse faite à sa cousine, elle perd
du même coup l'estime et l'amour de Rod,
le seul être qui compte désormais dans sa vie.

186 **ALICE BROOKE**
L'été ensorcelé

Partagée entre Roger, son fiancé parti tenter
sa chance comme acteur en Californie,
et le ténébreux Dr. Anderson qui se moque d'elle
mais dont les baisers lui coupent le souffle,
Kim Grayson ne sait lequel choisir.

187 **ELIZABETH HUNTER**
Intrépide Barbara

Qui est-il ce Jonathan Grant, ambitieux,
mystérieux, cynique? Pourquoi cherche-t-il
à spolier Barbara de son héritage?
Profondément attachée à son pays natal,
le Kenya, la jeune fille est bien décidée à se battre
pour faire respecter ses droits... et conquérir
l'amour de cet homme étrange.

Achevé d'imprimer sur les presses de l'imprimerie Bussière
à Saint-Amand-Montrond (Cher)
le 26 avril 1984. ISBN : 2-277-80188-7. ISSN : 0290-5272
Nº 455 Dépôt légal avril 1984. Imprimé en France

Collections Duo
27, rue Cassette   75006 Paris
diffusion France et étranger : Flammarion